PRIMITIVO

WOLF RANCH
LIBRO 7

RENEE ROSE

VANESSA VALE

ISCRIVITI ALLA NEWSLETTER DI VANESSA VALE

Unisciti alla mailing list per essere informato per primo su nuove uscite, libri gratuiti, premi speciali e altri omaggi dell'autore.

http://vanessavaleauthor.com/v/db

ISCRIVITI ALLA NEWSLETTER DI RENEE ROSE

Iscrivetevi alla newsletter di Renee per ricevere scene bonus gratuite e notifiche riguardo a nuove pubblicazioni!

https://www.subscribepage.com/reneeroseit

REGOLA DEL BRANCO #7:
I SEGRETI DEL BRANCO VANNO CUSTODITI

Dovrei cancellarle la memoria, non rivendicarla.
La ragazza di mio figlio sa troppe cose. La regola più
importante del branco è stata infranta: l'ha visto mutare.
L'alfa mi ha ordinato di farglielo dimenticare, ma a un
accenno del suo odore ho scoperto la verità: questa
umana è MIA.

Riley ha la metà dei miei anni. Ha tutta la vita davanti. Se
la rivendicassi, la condannerei a un destino che non può
nemmeno immaginare. E poi, lei pensa che io sia un
donnaiolo, e voglia solo una cosa.

Dovrei starle alla larga. Dovrei lasciarla andare. Ma Riley
è troppo dolce, troppo bella e decisamente troppo *mia*.
Ora è in trappola tra i nostri due mondi. Pensa che
dovremmo tenerci alla larga l'uno dall'altra, ma al tempo
stesso vorrebbe una relazione che durasse per sempre…
in ogni caso, ne patirà le conseguenze.

Lei non comprende il legame che c'è tra noi, e io non
posso proteggerla senza di esso. Quando il pericolo
incombe, lei deve fidarsi di me – il lupo nato per essere
suo – affinché la tenga al sicuro.

PROLOGO

RILEY

Oh.

Avevo pensato che baciare Tyler McIntire mi avrebbe provocato più che un... *meh*.

Mi ritrassi dal bacio e mi sfregai le labbra. Distolsi lo sguardo e lo puntai verso il fiume accanto al quale eravamo seduti. Quello che avevo immaginato sarebbe stato un picnic romantico a contatto con la natura era appena diventato...

Imbarazzante.

E ci trovavamo nel bel mezzo del canyon. Non c'era alcuna via di fuga rapida.

Il bacio?

Uhm.

Sbagliato.

Decisamente sbagliato. Dovevo dire qualcosa prima che ci riprovasse.

«Sono solo io, o è stato...?» *Dio, come faccio a dirlo?*

«Strano,» concluse lui per me con un sorriso. Una smorfia, più che altro. Un... qual era il termine per definire un sorriso falso e imbarazzato quanto il bacio che avevamo appena condiviso?

Avevo sempre avuto un debole per Tyler, aveva quelle spalle ampie una voce profonda e autorevole *sin dalla quinta elementare*. Era sempre sembrato... *di più* degli altri ragazzi nella nostra classe. Ai tempi del diploma era il beniamino di tutta la contea. Ma era off-limits perché, per tutta la durata del liceo, era stato con Lila, una delle mie migliori amiche.

Io avevo dovuto aspettare il mio turno.

Ora si erano lasciati. In modo amichevole: nessuno dei due con il cuore infranto. Lei se n'era andata al college nello Utah e lui era rimasto a Cooper Valley per lavorare al Wolf Ranch. Avevo perfino chiesto a Lila se le avrebbe dato fastidio se ci fossi uscita e lei aveva detto di no.

Così, dopo essermi imbattuta in Tyler al supermercato la settimana prima, avevo flirtato con lui e gli avevo chiesto di uscire con me. Lui aveva proposto un'escursione, era sempre stato un tipo a cui piaceva stare all'aria aperta. Quel giorno, mi aveva portata nel canyon fino a un sentiero che correva lungo il fiume. Quando aveva tirato fuori una coperta da picnic dallo zaino, il mio cuore aveva iniziato a battere forte. Amavo il romanticismo.

Ma poi... il bacio. Pessimo.

Il collo mi formicolò per il sollievo. Se non altro la pensavamo allo stesso modo. «Già!»

Tyler prese una pietra e la fece rimbalzare sul fiume come un lanciatore esperto. Era davvero il tipo perfetto – grosso, forte, bravo in tutto ciò che faceva, e cavalleresco – un vero cowboy. Il genere alla vecchia maniera che cresceva a Cooper Valley.

«Uhm, forse è perché mi sento in colpa.» Cercai un motivo per cui baciare Tyler – dopo tutto il tempo in cui l'avevo sognato – non si era rivelato eccitante. «Sono stata cotta di te per anni, ma tu stavi con Lila. Forse ho programmato il mio cervello a pensare a te come a un fratello o qualcosa del genere.»

Tyler rise e rivolse il suo sguardo su di me, i suoi occhi azzurri che si incresparono divertiti. «Avevi una cotta per me, eh?»

Io gli tirai una gomitata. «Non lasciare che ti dia alla testa, bel fusto. *Ogni* ragazza a scuola aveva una cotta per te!»

Il suo sorriso si ampliò. Dio, era davvero bello. Ma qualunque attrazione ormai era svanita. «Ah, sì?»

«Smettila di cercare di...»

Lui piegò indietro la testa e... annusò l'aria, cosa che mi distrasse dal concludere la frase.

Perché sembrava che avesse colto un odore di biscotti e volesse seguirlo.

«Oh, merda.» Tyler balzò in piedi e mi si parò di fronte.

Mi ci volle un istante per elaborare cosa ci fosse davanti a noi.

Un puma, che sembrava un enorme gatto spaventosissimo. I gatti domestici erano tutti degli stronzi altezzosi, ma quello, non proprio *domestico*, sembrava solo malvagio. Come se avesse l'intenzione di giocare con noi per poi farci a brandelli. Ah, già, e poi mangiarci. Crescendo nel Montana, avevo sentito parlare dei pericoli relativi all'incontro fortuito con un puma, o perfino con un orso, su un sentiero. Potevano seguire la preda senza farsi scorgere, erano molto furtivi. *Porca puttana, era vero.* Non mi ero accorta affatto che fosse nei paraggi. E ora si trovava proprio di fronte a noi.

Tyler sollevò le braccia per ergersi in tutta la sua altezza. «Whoa,» esclamò. Come se si fosse rivolto a un toro scappato dal ranch dove lavorava, non un gatto selvatico extra large.

Io mi affrettai ad alzarmi in piedi, ma lui allungò un braccio per tenermi dietro di sé.

«Piano, micio.»

Il puma non ci andò piano, però. Fece un silenzioso passo avanti e si acquattò come se fosse sul punto di attaccare.

«Tyler, ehm, puma. Quello è un *puma*!»

Il panico mi stava facendo comportare da idiota. Un'idiota viva. Non volevo essere un'idiota *morta*.

«Cazzo. Stammi dietro. Non lascerò che ti succeda niente.» Tyler sollevò le braccia e le agitò di nuovo su e giù, come se stesse facendo cenno a un tir di rallentare.

Sarei svenuta se non fosse stato per quel bacio fraterno. Che problemi avevo? Quell'uomo magnifico avrebbe dovuto eccitarmi.

Sì, ero proprio un'idiota. Stavo pensando a stare *con* Tyler in un momento del genere. Forse mi stava passando tutta la vita davanti agli occhi.

Rimasi dietro di lui, le dita strette alla sua maglietta nel pugno, per trattenerlo con tutte le mie forze dall'allontanarsi da me.

Il gattone gigantesco attaccò.

Tyler si preparò e piegò il ginocchio come un attaccante sulla linea difensiva.

Io urlai. Tyler non avrebbe mai potuto sopravvivere a uno scontro con un puma!

Lui fece un balzo e tirò un calcio nel petto al puma

nello stesso istante in cui lui lo graffiò coi suoi enormi artigli.

«Tyler!»

La forza del suo attacco spinse indietro il felino, ma a quel punto era ancora più furioso e aveva ferito Tyler in modo grave. Lui si strinse la spalla che sanguinava e tornò di corsa a frapporre il proprio corpo tra il mio e quello del puma.

Mi inginocchiai e spalancai il suo zaino alla ricerca di un'arma di qualunque genere. Lanciai a terra il nostro pranzo. «Ti prego, fa' che abbia dello spray contro gli orsi,» borbottai. Serviva a fermare anche i puma?

Il felino attaccò di nuovo. Tyler gli sferrò dei pugni in gola e sulla testa e la bestia lo scaraventò a terra.

Aprì le fauci, i canini gialli pronti a porre fine alla vita di Tyler.

Con mani tremanti – be', tutto il mio corpo stava tremando – afferrai la coperta da picnic da terra, l'unica arma che ero riuscita a trovare, e corsi verso di loro.

Tyler lottava con il gatto selvatico. Cercava di tenere quelle enormi mascelle lontane dalla propria gola con tutte le sue forze e si dimenava sotto l'animale per levarselo di dosso.

Io gettai la coperta sulla testa del puma, nella speranza di disorientarlo quanto bastava era permettere a Tyler di sfuggirgli.

E poi...

Un ringhio feroce si levò, non dal felino, bensì... *da Tyler?*

Urlai e balzai indietro. *Cristo santo!* Inciampai su una radice e caddi col culo per terra.

Non sapevo dove fosse finito Tyler, ma un enorme lupo aveva preso il suo posto e aveva stretto le feroci mandibole attorno alla gola del felino. Un terribile schiocco e scricchiolio di ossa pose fine alla sua vita. L'animale crollò a terra, il sangue che gli sgorgava dal collo, la testa a penzoloni a un'angolazione strana.

Io emisi un sospiro strozzato – più un gemito – e gattonai all'indietro.

Il lupo gigante girò la testa di scatto per guardarmi. Un *lupo*. Prima un puma e adesso un lupo?

Il sangue gli colava dalla bocca e... *Che diamine? Indossava i resti laceri degli abiti di Tyler!*

Raggelai, nonostante il calore della giornata estiva. Mi battevano i denti. Allungai le mani per ripararmi da un attacco e mi affrettai ad allontanarmi.

«T-Tyler?»

Sbattei le palpebre e il lupo era svanito, sostituito da un Tyler muscoloso e nudo. Il sangue che gli colava dal mento gli macchiava il petto. Gli artigli del felino gli avevano lacerato un braccio. Ero scioccata. Stavo avendo una reazione traumatica. Avevo le visioni.

Lui sollevò le mani. «Riley, va tutto bene,» disse con voce profonda. Quella che aveva usato per eccitarmi. Ora mi stava spaventando a morte, cazzo. «Non scappare. Non ti farò del male, te lo prometto.»

Per un interminabile istante, fui incapace di muovermi. Poi l'impulso partito dal mio cervello mi raggiunse i piedi.

Mi alzai e corsi come se avessi il diavolo alle calcagna. Dopo aver visto un puma *e* un lupo, forse era così.

1

CODY

«Abbiamo un problema.» Entrai a grandi passi nell'ufficio di casa del nostro alfa. Varcata la soglia mi tolsi il cappello.

Tyler mi seguiva a passo molto più lento.

Rob Wolf era dietro la sua scrivania e sollevò lo sguardo dal computer. Con indosso una camicia western coi bottoni a scatto e le maniche arrotolate e una piega nei capelli scuri – il cappello da cowboy appoggiato su un angolo della scrivania – sembrava la quintessenza dell'allevatore. Nessuno sapeva che era anche un mutante a parte i membri del nostro branco. E... cazzo, forse una giovane umana.

Rob spostò lo sguardo da me a Tyler e sgranò gli occhi. «Che diavolo ti è successo?»

Eravamo di fronte a lui, fianco a fianco. Tyler indossava solo un paio di pantaloni della tuta che gli avevo prestato io, recuperati dal bagagliaio della mia Jeep. Aveva delle profonde lacerazioni sul petto ed era ricoperto di altri tagli, lividi e sporcizia. Aveva qualche ramoscello tra i capelli. Sembrava essere ruzzolato giù da una montagna, cosa che forse sarebbe stata meglio di ciò che mi aveva confidato.

L'alfa indicò una delle sedie vuote. «Siediti,» ordinò. «Diamine, Tyler.»

Rob non corse a prendere un kit di pronto soccorso. Non ce n'era bisogno. Una rapida occhiata a Tyler – sebbene avesse un pessimo aspetto – era stata sufficiente a Rob per fargli capire che sarebbe guarito presto.

Tyler si lasciò cadere sulla sedia in pelle. «Mi sono scontrato con un puma. Ma ho fatto un casino. Mi spiace davvero.»

Ero fiero di lui per il fatto che l'avesse ammesso, specialmente al suo alfa, ma una scusa non avrebbe risolto il problema. Rob inarcò un sopracciglio. «Oh? Dobbiamo dare la caccia a un animale ferito e abbatterlo?»

Io sospirai. Lasciai che fosse Tyler a parlare. Aveva diciannove anni, non sei. Sarei rimasto al suo fianco e l'avrei sostenuto, ma per essere un uomo, per essere un *lupo*, doveva riconoscere i propri errori e pagarne le conseguenze. Soprattutto con l'alfa del nostro branco, nonché il suo capo. Non si trattava di un banale incidente con una mucca o di altre stronzate da adolescenti. Era roba grossa, cazzo.

«Nossignore.» Tyler fece una smorfia e si spostò sulla sedia. I tagli e i lividi che aveva quando l'avevo trovato erano già guariti per la maggior parte. Aveva smesso di sanguinare e le ferite minori erano già svanite. I vantaggi dei geni da lupo giovane. «Ero con Riley Abbott giù al fiume.»

Rob incurvò un angolo della bocca verso l'alto. Immaginai che l'alfa e la sua compagna avessero trascorso qualche giornata *giù al fiume* anche loro nel tempo libero. Non avevo dubbi che Tyler avesse già fatto sesso con un'altra mutante adolescente in passato, dopo una corsa con la luna piena. Quell'argomento non era imbarazzante per nessuno di noi.

«Un puma deve averci seguiti,» spiegò Tyler. «Noi eravamo... distratti e io non ne ho colto in tempo l'odore. Quando l'ho fatto, era ormai troppo tardi. Ci era già addosso. Ci ha attaccati. L'ho combattuto, ma mi sono trasformato in lupo.»

Rob sgranò gli occhi, ma rimase in silenzio. Il suo sguardo si spostò su di me.

Io annuii. Non stava cercando conferma da parte mia: nessuno avrebbe mentito al proprio alfa. Stava confermando ciò che Tyler non aveva detto. Non ancora.

«Dunque lo sa? Questa Riley Abbott?» chiese. Avevo visto Rob adirarsi, ma capitava di rado. Proprio come me, manteneva la calma anche nelle situazioni più difficili. Io non gestivo un branco, ma gestivo l'unico bar a Cooper Valley e avevo a che fare con mutanti e umani che facevano festa, bevevano e si sfogavano.

«È la figlia di Kyle Abbott,» aggiunsi. «È un vicesceriffo di Levi.»

Avere un mutante che lavorava come sceriffo della contea risultava comodo di tanto in tanto.

«Giusto.» Rob collegò le informazioni.

Tyler annuì. «Sì. Mi ha visto. Mi ha guardato affrontare e uccidere il puma.»

«Hai detto che eravate *distratti*. Suppongo dunque che sia la tua compagna?» domandò Rob.

Quello non l'avevo chiesto a Tyler. Ero stato troppo concentrato sul fatto che una ragazza che conosceva dal liceo ora sapesse che mio figlio era un mutante. Diamine, aveva trovato la sua compagna? Alla sua età, sarebbe stata una fortuna. Io avevo quarant'anni e non avevo mai trovato la mia. La madre di Tyler era una femmina che aveva partecipato a una corsa con la luna piena assieme a me ai tempi in cui avevamo a malapena qualche anno in più di quanti ne aveva Tyler adesso. Anne non era la mia compagna. In effetti, aveva incontrato la sua metà pochi anni dopo.

Le parole di Tyler scacciarono via i miei pensieri. «In realtà, mi ero distratto perché *non* è la mia compagna.»

Rob si accigliò. E così feci io.

«Che cosa significa?» chiesi.

Tyler spostò lo sguardo tra noi. «Le interessavo. Io non sono un donnaiolo, ma capisco quando una ragazza è interessata. Lei lo era. Stava mandando tutti i segnali giusti. Poi ci siamo baciati.»

«Dunque ci hai provato con lei nonostante sapessi che non era la tua compagna? Hai lasciato che fosse il tuo cazzo a pensare?» chiese Rob.

Sapevo cosa intendeva. Di solito, se volevo fare sesso, ci provavo con una lupa. Avrei potuto farmela con un'umana? Avrei potuto, e l'avevo fatto: mi veniva facile dato che gestivo un bar. Ogni donna pensava che un barista fosse eccitante dopo essersi scolata un paio di drink. Non mi approfittavo delle donne che bevevano, ma era inevitabile farsela con qualcuno. Non potevo prendermela troppo con Tyler, tutto sommato.

«Lo saprai,» disse Rob con autorevolezza, non solo in quanto alfa, ma come mutante che aveva trovato la propria compagna.

Io non potevo concordare perché non lo sapevo.

«Dunque, eri in cerca di un po' di divertimento e

l'avresti trovato se un puma non ti avesse messo i bastoni tra le ruote?» chiesi.

Tyler si passò una mano sulla nuca e un ramoscello cadde sulla moquette. Abbassò lo sguardo. «Be', no. Perché è stato pessimo. Il bacio, intendo.»

«Intendi che non è brava a baciare?» Sul volto di Rob si aprì un ghigno.

Tyler scosse la testa e si accigliò. «No. Non è stato giusto. Non ho provato nulla. Anzi, è stato strano. Come aver baciato una sorella, se ne avessi una.»

Il ghigno di Rob svanì e lui si accigliò. «Lei cosa ne ha pensato?»

«Oh, anche lei è rimasta stranita dal bacio, ma non a lungo perché...» Fece roteare il dito per aria. «È comparso il puma. E mi ha visto tramutarmi in un lupo. Quello l'ha *decisamente* stranita.»

«Dov'è adesso?» chiese Rob.

«È scappata.»

«*Scappata?*»

«Già. Dopo essermi ristabilito abbastanza da muovermi, ho ripercorso tutto il sentiero fino all'inizio, ma non c'era traccia di lei. Forse è un bene, perché ero nudo. Perfino io so che nessuna femmina – umana o mutante – vorrebbe farsi inseguire da un tipo nudo.»

«Dov'è adesso?» ripeté Rob.

Tyler scrollò le spalle e fece una smorfia. «So cosa mi stai chiedendo. Non l'avrei lasciata andare.»

Spostò lo sguardo su di me. «Papà mi avrebbe fatto il culo peggio di quel puma se l'avessi abbandonata.»

Annuii perché gli avrei davvero fatto il culo se non avesse trattato una femmina nel modo giusto. Che il bacio fosse stato bello o meno, avrebbe dovuto assicurarsi che lei tornasse a casa al sicuro prima di passare oltre.

«Ma è stata *lei* a mollare *me*,» proseguì Tyler. «La sua macchina non era più nel parcheggio dove ci siamo incontrati. Come ho detto, non è che potessi inseguirla con le palle al vento.»

«Mi ha chiamato e sono passato a prenderlo, dopodiché siamo venuti subito qui,» spiegai a Rob.

«Abbiamo un'*umana* non accoppiata che sa che sei un mutante.» Rob riassunse il tutto in una frase. «A Cooper Valley. Spaventata e decisamente *non* la tua compagna.»

«Sì.»

«La legge del branco dice che dobbiamo ucciderla,» disse Rob in tono piatto.

Ma che...

Tyler balzò in piedi, barcollò leggermente, ma mantenne la posizione. «Cosa? Non esiste! La stavo proteggendo. Non potevo impedire al mio lupo di fare tutto il possibile per tenerla al sicuro. Non si merita di *morire* per questo!»

«Non urlare contro il tuo alfa,» lo avvertii io, sebbene fossi d'accordo con lui.

Rob sollevò una mano. «No. Ci sta,» disse a me. Spostò lo sguardo su mio figlio e incurvò gli angoli della bocca verso l'alto. «Sono fiero di te, Tyler. Hai fatto la cosa giusta. Lei è al sicuro e illesa, ed è tutto ciò che conta. Ma ora tuo padre ha ragione. Abbiamo un problema. Soprattutto se ha già raccontato a suo padre cos'è successo.»

«Non hai intenzione di ucciderla?» Tyler emise una specie di squittio.

Rob scosse la testa. «No. Volevo vedere come avresti reagito. Devo sapere se il mio branco è composto da maschi degni e protettivi.»

Tyler gonfiò il petto.

«Ma dobbiamo cancellarle la memoria del lupo il prima possibile,» proseguì lui. «Diamine, potrebbe già averlo raccontato a qualcuno. Ciò la rende una responsabilità del branco intero.»

Tyler sospirò, sollevato dal fatto che Rob non avesse mai avuto intenzione di ucciderla.

«Dev'essere portata da Marion.»

Marion. Merda. Marion non era una dei nostri, ma il Consiglio dei Mutanti a volte sfruttava le sue capacità per sistemare i nostri problemi con gli umani. Aveva l'inquietante abilità di cancellare ricordi precisi dalle sue vittime o perfino di impiantarne di nuovi. Era una forma amplificata di suggestione ipnotica. E si faceva pagare molto bene per quel servizio.

Inoltre, viveva nel Missoula e non faceva interventi a domicilio. Avremmo dovuto portare Riley da lei.

Cazzo.

La faccenda si complicava.

Cancellare la memoria poteva anche essere pericoloso. Ma Riley Abbott era giovane, e bisognava sostituire solo un breve incidente, nella speranza che non avrebbe sofferto se non di un mal di testa. Dovevamo farle credere che il suo appuntamento con Tyler fosse stato tranquillo, a parte un pessimo bacio.

Rob aveva ragione; ogni secondo che passava aumentava le probabilità che lei raccontasse a qualcuno ciò che aveva visto. Se Marion fosse stata in grado di riprogrammare i suoi ricordi in qualcosa di più plausibile per la comprensione di un'umana, avrebbe portato Riley a spiegare che era rimasta confusa da quanto accaduto con Tyler. Forse avremmo perfino cancellato la parte del puma, il che avrebbe potuto essere traumatico di per sé.

«Ce la porterò io,» disse Tyler.

Rob scosse la testa. «Non credo che vorrà avere niente a che fare con te.» Il suo sguardo da alfa si spostò su di me. «Ce la porterai tu.»

Non avrei mai disobbedito a un ordine diretto del mio alfa, per cui annuii. Avrei dovuto far sì che uno dei miei dipendenti aprisse il bar quella sera, ma ci si poteva organizzare. Non c'era altra scelta. Andava fatto.

Rob fece il giro della scrivania, aprì un cassetto e tirò fuori... merda. Tirò fuori una siringa e la riempì. La tappò e me la porse. «Questa è una dose blanda di tranquillante per cavalli. Non le farà perdere i sensi per più di un'ora, ma ti permetterà di portarla da Marion senza creare più ricordi da cancellare.»

«Sì, Alfa.»

«Datti da fare.»

2

RILEY

TYLER AVEVA PROVATO A CHIAMARMI cinque volte da quando ero scappata da lui – no, da quando ero scappata da un *lupo enorme* – per tutto il tragitto di uscita dal canyon. Non avevo idea che sarei stata capace di correre per un miglio in salita senza morire.

Rifiutai di nuovo la sua chiamata e composi il numero della mia migliore amica, Lila, con dita tremanti.

Era stata con Tyler per tre anni. Lei lo sapeva che era un mostro?

Il suo telefono passò dritto alla segreteria. «Merda,» borbottai.

Dio, e se... e se *l'avesse morsa e avesse trasformato anche lei in un lupo mannaro?* E se anche la mia migliore amica era un mostro? Oh mio Dio! Il mio cervello stava dando i numeri.

Io stavo dando i numeri.

Niente di tutto quello aveva senso.

Riflettei su cosa fare, il cuore che mi martellava nel petto. La scena nel canyon continuava a scorrermi davanti alla mente, ma ancora non riuscivo a darvi un senso. Okay, ricapitolando, avevo baciato Tyler e non era stato bello. Poi, lui aveva annusato l'aria – *come un lupo* – e un attimo dopo era comparso il puma. Un istante prima era stato sul punto di perdere lo scontro; quello dopo... era diventato un enorme lupo con mascelle frantumanti. *Aveva ucciso un puma coi denti.*

Giusto. Dunque Tyler era un lupo. Un lupo mannaro. O quello, oppure aveva drogato i panini che avevamo mangiato per pranzo e io mi stavo facendo un viaggio mentale.

Avrei dovuto chiamare mio padre: lavorava per l'ufficio dello sceriffo, quindi se la cavava bene con le emergenze. Ma no. No. Qualcosa me lo impediva.

Papà era iperprotettivo da morire. Dopo avermi portata al pronto soccorso per un test della droga – perché avrebbe pensato che Tyler mi avesse drogata per approfittarsi di me o qualcos'altro di altrettanto ridicolo – lo avrebbe sbattuto in galera senza nemmeno fare domande. E Tyler non mi aveva fatto del male. Al contrario. Mi aveva protetta. Mi aveva spinta dietro di sé per affrontare un puma.

Un puma.

Era un eroe, non un mostro.

Un eroe in forma di mostro.

Forse avrei dovuto accettare la sua chiamata e stare a sentire cosa aveva da dire. Feci avanti e indietro in casa della nonna, grata almeno del fatto di avere un posto tutto mio in cui riflettere sulla faccenda.

Dopo che la nonna si era trasferita in una casa di riposo a inizio estate, io avevo occupato casa sua. Papà avrebbe voluto venderla per contribuire alle sue spese, ma lei aveva insistito sul fatto che stesse solamente "provando" quella comunità e che avesse bisogno che le tenessi la casa in ordine nel caso fosse tornata. Sospettavo che mi stesse concedendo la mia libertà visto che il centro di formazione professionale che frequentavo non aveva un campus e mio padre voleva che restassi a casa.

Già, iperprotettivo. Da quando la mamma ci aveva lasciati, aveva esagerato un po'. Ovvero per la maggior parte della mia vita.

Smisi di fare avanti e indietro e fissai il cellulare, il pollice sospeso sopra il nome di Tyler. Avrei dovuto chiamarlo? Il cuore mi batteva ancora veloce. Avevo il fiato corto.

Forse mi serviva una doccia. Riflettevo meglio quando

ero sotto la doccia. E poi, quella passeggiata – e corsa – mi aveva lasciata ricoperta di polvere e sudore. Mi diressi in bagno, aprii l'acqua e mi tolsi i vestiti impolverati.

Entrai e lasciai che l'acqua mi cadesse sulla testa.

Sì.

Era quello che mi serviva. Non mi schiarì i pensieri, ma quantomeno il getto d'acqua caldo mi regalò una bella sensazione. I miei muscoli cominciarono a rilassarsi.

Avrei dovuto richiamare Tyler. Già. Aveva senso. Era l'unica persona che potesse dare delle risposte alle domande che mi frullavano per la testa.

Feci lo shampoo, il balsamo, la ceretta e qualunque altra cosa mi venne in mente per prendere tempo prima di sentire la verità. Chiusi la doccia e afferrai un asciugamano per asciugarmi.

«Riley?» chiamò una voce profonda maschile dal soggiorno.

Merda. Il cuore tornò a battermi a velocità epica. Tanti cari saluti al placare il mio sistema nervoso. Maledetti piccoli paesini in cui la gente varcava le soglie aperte. Papà mi avrebbe uccisa per non aver chiuso la mia.

Afferrai la mia vestaglietta di raso rosa e infilai le braccia bagnate nelle maniche. «Chi va là?» esclamai. Spalancai la porta e strillai. Il proprietario della voce era giusto lì fuori, in tutto il suo metro e novanta. «Oh!»

Lo riconobbi, ma il mio cervello era così annebbiato dall'incidente con il puma che stavo ancora cercando di ricomporre il tutto. Il signor McIntire, l'affascinante proprietario del Cody's Saloon, era nel mio corridoio, ma per la miseria, non riuscivo a capire perché. Cooper Valley era una piccola cittadina, per cui lo conoscevo – era un rinomato playboy – civettuolo e amichevole con tutte le donne, ma non sapevo che lui conoscesse me.

«Scusa se ti ho spaventata, zuccherino. Ho bussato e non hai risposto. Mi sono preoccupato. Ora so perché.» Il signor McIntire si tolse il cappello da cowboy e si appoggiò alla parete del corridoio come a concedermi spazio. Mi rivolse un sorriso sghembo che disegnò delle piccole rughe attorno ai suoi occhi. Ah, wow. Quell'uomo emanava un'aura da attore di Hollywood con quei capelli scuri e gli occhi azzurri. La barba ben tenuta gli conferiva un aspetto rozzo da cowboy, e sottolineava la mandibola squadrata e il mento con la fossetta.

C'era un'espressione di scuse sul suo viso, ma non un rimorso sincero. Come se sapesse che non avrebbe dovuto trovarsi qui, ma non avesse nemmeno intenzione di andarsene.

La vicinanza con quel delizioso esemplare di virilità scombussolò ancora di più il mio cervello già confuso.

Percepivo la sua attrazione nei miei confronti. Sebbene il suo sguardo non scendesse al di sotto dei miei occhi, era logico che avesse assimilato che mi ritrovavo in piedi di fronte a lui, gocciolante d'acqua, nuda al di sotto della vestaglietta che non avevo nemmeno finito di legare.

I suoi occhi brillarono nel dimostrare il suo apprezzamento.

I suoi occhi brillarono.

Sbattei le palpebre. Oh, mio Dio. Ero un'idiota! Quello era *il signor McIntire*. Nel senso del *papà di Tyler*.

Era un lupo anche lui?

Inalai e strinsi il laccio della vestaglia. «Ehm, che ci fa qui, signor McIntire?» Maledissi lo stridio della mia voce.

Lui si avvicinò di un passo e mi toccò una spalla. I muscoli tesi del suo avambraccio si piegarono. «Non avere paura. Non ti farò del male.»

Il mio corpo reagì al suo tocco, alla sua vicinanza. Al suo odore mascolino e alla vista dei muscoli gonfi del braccio e del petto. Indossava una camicia coi bottoni a scatto con le maniche arrotolate fino ai gomiti, che scopriva i suoi avambracci forti e abbronzati. Mi fece venire l'acquolina in bocca e in altre parti del corpo.

Poi il mio cervello – ancora troppo lento – si rimise in pari. Il signor McIntire si trovava lì per via di quello che avevo visto prima. Quanto era strano che fosse venuto lui invece di Tyler? Aveva intenzione di mordermi? Di trasformarmi in una di loro?

«Io... credo che dovrebbe andarsene.» Sgattaiolai via

dalla sua presa e lo superai di corsa, diretta al salotto. La nonna teneva un fucile carico dietro la porta d'ingresso.

Lui non mi inseguì. Mosse qualche passo tranquillo ed esclamò: «Ho sentito cos'è successo nel canyon. Tyler ha detto che non hai risposto alle sue telefonate, quindi ci stavamo preoccupando. Volevo assicurarmi che fossi tornata a casa sana e salva.»

Io afferrai il fucile, sollevai la canna e mi voltai di scatto. «Sì, sono a casa.»

Troppo tardi.

Il signor McIntire era proprio lì e afferrò la canna. Con un rapido strattone, io persi la presa e il fucile mi volò via di mano. Lui lo gettò sul divano alle sue spalle e mi fece passare un palmo dietro la nuca.

Io spalancai gli occhi. Provai a muovermi e mi ritrovai immobilizzata.

Aveva una forza sovrumana! Se avessi avuto alcun dubbio, ormai era confermato: il signor McIntire era a sua volta un lupo.

Lui si chinò, quasi avesse intenzione di baciarmi. «Mi dispiace davvero per questo, zuccherino,» mormorò.

Per *cosa*? I miei campanelli d'allarme stavano suonando, ma ormai era troppo tardi. Qualcosa di appuntito mi si conficcò nel collo.

Un ago? Oh, cazzo.

«L'ultima cosa che volevo fare era peggiorare il tuo

trauma, ma ti prometto che, entro domani, sarà come se non fosse successo nulla.» La sua voce roca e profonda sfumò nella nebbia che mi avvolse la mente.

3

___

CODY

PRESI RILEY tra le mie braccia. La sua vestaglietta si aprì e mise in mostra un capezzolo pieno.

Per un istante, non riuscii a muovermi, concentrato a fissare quell'adorabile ragazza. No, donna. L'areola rosa scuro. Il suo capezzolo si era indurito come se, nonostante la sua paura di me, si fosse anche eccitata. Proprio come lo ero io.

Nell'istante in cui aveva aperto la porta del bagno, con indosso una vestaglietta che le si appiccicava alla pelle umida...

Era sbagliato... sbagliatissimo. Quella ragazza era abbastanza giovane da essere mia figlia. Era la ragazza di mio *figlio*, per l'amor del cielo! Merda. Se andava a scuola con Tyler, anche lei aveva diciannove anni.

Potevo solo fissarla. Era ancora umida per via della doccia, con la pelle arrossata. Piccole gocce d'acqua le colavano dai capelli castano-ramato lungo l'incavo della gola. Aveva grandi occhi castani da cerbiatta. Labbra piene e baciabili. Certo, l'avevo colta di sorpresa presentandomi lì – provavo l'impulso primitivo di sculacciarla per aver lasciato la porta d'ingresso aperta – e facendole trovare uno sconosciuto davanti alla porta del bagno appena uscita dalla doccia. Nuda. Matura. Scopabile.

Le umane di solito non avevano tanto effetto su di me, ma non sarei *mai* andato oltre con lei.

Non riuscivo a credere che Tyler avesse detto che il bacio era andato male. Non aveva senso.

Se le avessi messo la bocca addosso io, sarebbe stato fenomenale. Avevo il cazzo duro al solo pensiero. E quel capezzolo. Cazzo.

Non facevo che pensare a quelle stupidaggini da quando era uscita con l'accappatoio. Mi ero portato dietro il tranquillante e avevo pianificato di somministrarglielo con una rapida puntura prima ancora che capisse cosa stesse succedendo. Invece, ero rimasto fermo a fissarla.

Come stavo facendo in quel momento.

Strinsi più forte al petto il suo corpo floscio. «Cosa

devo fare con te, Riley Abbott?» mormorai. Dannazione, come se avessi una scelta!

Il mio alfa mi aveva ordinato di portare quell'umana a Missoula per farle cancellare il ricordo dell'attacco del puma. Non ero lì per uscire con lei.

Non che sarebbe uscita con un uomo vecchio quanto suo padre, comunque.

E a proposito di suo padre... Non potevo dimenticare il fatto che stavo rapendo la figlia di un vicesceriffo. Se non si fosse trattato di questioni cruciali del branco, avrei detto che era un piano stupido. Ma andava fatto. Dovevo fare le cose nel modo giusto.

Lanciai un'occhiata al fucile sul divano. Sarebbe stato più facile se mi fossi spostato Riley in spalla per liberarmi le mani, ma c'era qualcosa che me lo impediva. Mi chinai per prendere il fucile, destreggiandomi tra l'arma e la morbida, seducente Riley fino a quando non lo ebbi rimesso dietro la porta.

Brava ragazza per essere corsa a prenderlo. Cattiva ragazza per averlo fatto in una vestaglietta striminzita e nient'altro con la porta d'ingresso aperta. Non sapevi che avevo un istinto da predatore?

Entrai nella sua camera, la adagiai sul letto e mi guardai attorno.

Quella era la casa della nonna di Riley. Opal Abbott era stata un'istituzione di Cooper Valley sin da prima che io nascessi. La camera da letto era un curioso misto di giovane ragazza e vecchia befana. I mobili erano antichi. La maggior parte degli oggetti sembrava appartenere alla vecchia donna, ma Riley aveva sistemato foto incorniciate di lei e delle sue amiche sul comò.

Ne presi una che mostrava le ragazze con le loro divise da diploma. C'era anche Tyler nel gruppo, che incombeva accanto alla sua ex-ragazza, Lila. Riley era dall'altro lato di lei. Non avevo prestato alcuna attenzione a quella femmina prima di allora, ma adesso mi aveva rapito. Un capezzolo turgido faceva quell'effetto.

Riley mugugnò nel sonno indotto dalla droga e io tornai a concentrarmi sull'incarico da eseguire. Dovevo darmi una mossa.

Posai la foto e spalancai i cassetti del comò.

Trovai le sue mutandine, una pila soffice di pizzo e seta colorati. «Cazzo,» borbottai. Lo chiusi di scatto, aprii gli altri cassetti finché non trovai un paio di pantaloni da yoga e una maglietta corta da farle indossare.

Mi voltai verso la bellissima adolescente stesa sul letto, la vestaglietta che le si sollevava sulle cosce toniche. Un altro paio di centimetri e avrei visto il paradiso.

Adolescente, mi ricordai. *A-do-le-scen-te.*

Non era una femmina con cui avrei potuto spassarmela, a prescindere da cosa stessero cercando di dirmi la mia mente e il mio uccello.

Ma qualcosa si risvegliò nel profondo di me. Un

mormorio da parte del mio lupo: *Non con cui spassarsela. Da tenersi.*

Sbattei le palpebre. TENERMELA? Ma che cazzo?

Non avevo tempo per ciò che il mio lupo stava cercando di dirmi. Il tempo stava scadendo e io dovevo portare quella ragazza a Missoula e a casa prima che suo padre o chiunque altro si rendesse conto che l'avevo prelevata. Respinsi a forza la mia cupidigia, strinsi i denti e le infilai le gambe nei pantaloni da yoga. Li tirai su e feci scivolare un palmo sotto le sue natiche per sollevarle i fianchi. Nel farlo... oh cazzo.

Mi avvicinai al suo delizioso profumo – sì, l'odore dell'eccitazione del suo corpo per me – e il mio lupo affiorò in superficie ruggendo.

Scossi la testa. «No. No, *no*,» borbottai e feci un passo indietro, inciampando su una ciabatta solitaria. Continuai a fissare Riley sul letto con indosso i leggings e la vestaglietta. La vestaglia che adesso era del tutto aperta, e metteva in mostra i suoi seni più che abbondanti. Entrambi i capezzoli erano duri, a implorare la mia lingua. A implorare la mia attenzione.

Ce l'avevano. Al cento per cento. Mi venne l'acquolina in bocca per la voglia di deliziarmi di loro e più in basso.

Ma no. *No, no, no, no.* Non poteva succedere.

Mi passai una mano sulla nuca e cominciai a fare avanti e indietro nella piccola camera da letto...

Inciampai di nuovo sulla ciabatta. Perché mi sentivo così? Dovevo...

Senza riflettere oltre, le piombai addosso, e mi sistemai a cavalcioni della sua vita. Il letto scricchiolò sotto il mio peso. Ignorai l'impulso del mio cazzo contro la zip e mi chinai in avanti. Premetti il viso nel suo collo per riempirmi le narici del suo odore.

Cazzo.

Era paradisiaco. Meglio di uno scotch invecchiato due secoli con ghiaccio. Più decadente dell'ambrosia migliore. Aveva note di fiori di campo estivi e raggi di sole. Sapeva di...

Della mia compagna.

Quel pensiero indesiderato venne dal mio lupo.

La fissai. Addormentata. No, non era addormentata, era priva di conoscenza perché l'avevo drogata. Era bellissima. Lentiggini sul naso. Labbra piene. Tutto di lei era perfetto, cazzo.

Oh, no. Era davvero un gran problema, cazzo. Un problema enorme.

Ma ne ero certo. Rob aveva detto che l'odore si riconosceva subito. Aveva ragione.

Riley Abbott era la mia compagna!

Caaaaaazzzzzo! Mi tirai via di scatto dal letto e ripresi a camminare in cerchio, conficcandomi le dita tra i capelli. Non sapevo dove avevo lasciato cadere il mio cappello da cowboy – forse da qualche parte in salotto –

quando avevo dovuto strapparle di mano quel fucile, merda, dalle mani della mia compagna.

Cosa dovevo fare? Non solo avevo il cazzo duro per quella ragazza... no, donna... *adolescente*, ma adesso il mio lupo diceva che era la nostra compagna! Avevo appena fatto irruzione in una casa – be', tecnicamente, la porta era aperta, ma io ero entrato senza essere invitato – e avevo *sedato* la mia compagna predestinata. Avrei dovuto farle cancellare la memoria, non sedurla.

Non *accoppiarmi* con lei!

Riley aveva la metà dei miei anni! Le interessava mio figlio. Non sarebbe mai uscita con un tipo vecchio come suo padre. Anche se l'avesse fatto – perché non potevo negare l'elettricità che c'era tra noi – suo padre avrebbe usato il suo revolver fornito dalla contea per uccidermi. Il che era una pessima cosa perché se mi avesse sparato, io non sarei morto. E a quel punto avrei dovuto fornire ancora più spiegazioni.

Lei si sarebbe svegliata presto e come cazzo avrei fatto a spiegarle tutto? Come avrei fatto a conquistare la sua fiducia se l'avevo drogata e avevo avuto intenzione di rapirla per farle dimenticare che ci fossero dei mutanti in città?

Sospirai, mi posai le mani sui fianchi e la guardai. La mia compagna.

Forse avrei dovuto comunque portarla a Missoula, quantomeno per farle cancellare i ricordi dell'avvistamento di un lupo e di quell'incontro incasinato. A quel punto avrei potuto ricominciare. Avrei avuto del tempo per pianificare un approccio migliore con lei.

La sola idea fece ringhiare il mio lupo con furia. Non avrei mai permesso a Marion di avvicinarsi alla mia compagna. Non esisteva proprio.

Ma certo che no. Non avrei mai sottoposto la mia compagna ad alcun potenziale danno. E cancellarle la memoria era quello e anche di più.

Avrei dovuto risolvere la cosa in qualche altro modo.

Cazzo. Cazzo. Cazzo. Continuai a fare avanti e indietro e a riflettere. Lottando con me stesso, col mio lupo e col mio alfa.

Anche se avessi accantonato il grosso problema di disobbedire al mio alfa e di lasciare che Riley si tenesse i suoi ricordi di Tyler che era un lupo, di certo lei avrebbe cercato di nuovo di afferrare un fucile non appena si fosse svegliata.

Dovevo portarla fuori da lì. Portarla in un luogo... appartato. Tenerla per me. Al sicuro. Cazzo, avrei dovuto tenerla prigioniera finché non fossi riuscito a farle capire che mi apparteneva.

Diamine, sembrava sbagliatissimo. Ma era essenzialmente ciò che significava per un mutante lupo. Il mio lupo ringhiò. Non c'era nulla di essenziale in tutto quello. Riley Abbott era MIA.

Ora che sapevo che era la mia compagna – ora che

avevo colto il suo odore – non potevo fingere che sarei andato avanti con la mia vita senza marchiare Riley Abbott. Dovevo rivendicarla. Non ci si opponeva al Destino.

Una volta che l'avessi fatta del tutto mia, avrei potuto cercare di capire quale fosse il prossimo passo da intraprendere.

Presi Riley tra le mie braccia, godendomi la sensazione del suo corpo, il suo odore. «Mi dispiace, zuccherino.» Sfregai il naso tra i suoi capelli bagnati. «Il Destino ha preso la decisione per entrambi. Tu appartieni a me, adesso.»

4

RILEY

SORRISI, e sfregai il viso nel cuscino soffice, sentendomi riposata e felice. Rotolai sulla schiena e mi stiracchiai. Allungando le braccia sopra la testa, mi scontrai con la testiera.

Raggelai perché quella non era la testiera in ottone del letto della nonna.

Schizzai a sedere e sbattei le palpebre. Oh, mio Dio, quella non era casa della nonna. Non era casa di papà. Non riconoscevo quella stanza. Dov'ero, e perché dormivo lì? Mi sentivo come Riccioli d'Oro e mi chiesi se ci fosse un grosso orso in arrivo a rivendicare il proprio letto.

«Sei sveglia?»

Spaventata, feci un gran salto. Un omone era sulla soglia della porta, e io mi spinsi all'indietro contro la testiera in legno grezzo del letto. Non era un orso. Era... *porca puttana!* Era...

«Signor McIntire,» esalai. Mi misi in fretta a sedere.

Mi tornò tutto alla mente in un lampo, come se avessi premuto un pulsante di scorrimento rapido in un film. Tyler. Il lupo. La doccia. Suo padre che entrava in casa. L'ago. Poi nulla. Poi... lì.

L'omone fece una smorfia e si passò una mano sulla nuca. «Cody. Solo Cody.»

La sua voce profonda come il passaggio di uno spazzaneve su una strada ghiacciata mi fece rabbrividire.

Buttai le gambe giù dal letto. «D'accordo,» sbottai. Ero stata rapita. Dovevo andarmene da lì. «Cody. Che succede?»

Lui sollevò le mani in un gesto che voleva essere non minaccioso. Io attribuii il fatto di volermi fidare di lui a quanto fosse figo, nonostante il mio buonsenso.

«Resterai qui con me per un po'. Ho bisogno di spiegarti alcune cose.»

Mi accigliai, i miei campanelli d'allarme che scattavano. «Cosa? Ehm... perché? E dove sarebbe qui?»

Mi trovavo in una casetta di legno con pareti e soffitti composti da travi e pavimenti in legno. Anche gli arredi semplici erano di pino. Attraverso la finestra della camera da letto – con delle semplici tende bianche ai lati del vetro – il sole era ancora alto, dunque non avevo dormito per più di un'ora o due. Dato che la vista consisteva solo di alberi su alberi, non ci trovavamo in città.

Lui si avvicinò al fianco del letto e io scivolai sul materasso nella direzione opposta. Non avevo paura di lui nel senso che potesse farmi del male, ma avevo paura di non sapere *perché* mi trovassi lì e *perché* fossi più attratta che terrorizzata da lui. Forse la droga mi aveva incasinato la testa. Non fosse che ero stata ipnotizzata da lui anche quando me l'ero trovato in casa della monna.

Avrei davvero dovuto dare di matto. Okay, lo stavo facendo. Un po'.

Il signor McIntire... *Cody*... era grosso Cupo. Bellissimo. Figo. Sexy. I suoi occhi penetravano i miei e mi sentivo vista ed esposta, come se i miei abiti fossero fatti di un tessuto fine, non di raso. Il suo sguardo si abbassò per assimilare ogni centimetro di me e i miei capezzoli si indurirono. Traditori!

Mi aveva drogata. Rapita. Aveva visto il mio corpo, a quanto pareva, perché avevo indossato una vestaglia, prima, e adesso ero vestita. Mi aveva messa a letto. Dio, il *suo* letto.

Quello era il papà di Tyler. Suo PAPÀ. E più ci fissavamo a vicenda, più io ero attratta da lui. Quella barba corta mi ispirava. Così come i suoi occhi di un azzurro intenso. Il suo corpo forte. Il suo... Oddio... sindrome di Stoccolma? Complesso paterno?

«Questa è la mia casetta, zuccherino,» disse lui. Viveva in città. Ero stata a casa sua in passato per via di Tyler, dunque quello doveva essere un rifugio? Una via di fuga in montagna? Un covo in cui nascondeva le donne che rapiva? «Ti trovi qui perché...» Si interruppe e si sfregò la nuca. Non riusciva a smettere di fissarmi. *Dentro.* «Be', sei mia.»

Sbattei le palpebre. E ancora. «Ehm... cosa?» Io ero sua? Okay, ora stavo perdendo la ragione.

«Ciò che hai visto con Tyler era reale,» proseguì lui. Si alzò, gambe larghe, arti sciolti. Però emanava un'aria autoritaria. Forte. Dio, che droga mi aveva dato? Volevo leccarmi le labbra per quanto... era virile.

«Il lupo,» dissi io, dopo aver deglutito con forza.

Lui annuì.

«Tyler è un lupo mannaro?» chiesi.

Lui scosse la testa. «Non un lupo mannaro. Non è una malattia che puoi attaccare a qualcun altro. È una specie diversa. Tyler è un mutante.»

«Ciò significa...» Lo scrutai da capo a piedi: i jeans gli fasciavano il corpo in modi che non avrebbero dovuto essere legali. La camicia coi bottoni a scatto implorava di essere strappata via. Avambracci porno. Capelli un po' lunghi e arricciati e... senza dimenticare la barba. Volevo toccarla, scoprire se era morbida. Sentirla... ovunque. Ero in fissa con quella barba.

Era perché gli uomini della mia età non erano in grado di farsi crescere nemmeno dei baffi?

«Anch'io sono un mutante,» ammise.

Forse avevo battuto la testa durante la mia escursione con Tyler. Forse stavo delirando. Vedevo cose. Sentivo cose. Magari non ero nemmeno sveglia. E quello era un sogno indotto dalla droga. Conoscevo Cody – anche se solo per vie traverse – da alcuni anni. Non avevamo mai davvero parlato prima perché lui era il *papà* di un amico. Un amico che avevo baciato e che avevo trovato carente.

Per qualche motivo, i sentimenti che avrei dovuto provare con Tyler li stavo provando in quel momento con Cody. Attrazione. Interesse. Una bramosia. Una voglia matta di farmi baciare e non solo sulla bocca. Perché? Non ne avevo idea, perché *quello era il papà di Tyler!*

Tyler non aveva mai detto nulla di male sul suo conto, non l'aveva mai accusato di essere un genitore pazzo con manie di controllo. Diamine, il mio lo era. In quanto vicesceriffo, papà era un maniaco del controllo in ogni singolo aspetto della sua vita, specie quando si trattava di me e della *mia* vita. Cody era... a posto. Lo era sempre stato.

Tranne per il fatto che non avevo saputo che fosse

sempre stato un maledetto mutante o che lo trovassi. FIGO.

Ciò significava che si sarebbe trasformato in un lupo. Avrebbe affrontato un puma. Ma non c'erano puma lì, ovunque fosse *lì*. C'ero solo io. Mi avrebbe fatta a pezzi? Mi avrebbe squarciato la gola? Dilaniata con gli artigli?

No, no e cazzo no.

Lanciai un'occhiata alla porta della camera da letto, balzai su dal letto e corsi in quella direzione. Dovevo uscire da lì, diamine, allontanarmi da Cody. Allontanarmi da qualunque McIntire. Dovevo solo... allontanarmi.

Papà mi diceva sempre di fare attenzione alla mia sicurezza. Di camminare in gruppo, di tenere le chiavi tra le dita. Di essere cauta. Prudente.

Eppure non avevo chiuso la porta di casa mia a chiave e un uomo era entrato, mi aveva drogata e mi aveva rapita e portata in una casetta nei boschi. Era la trama di qualunque serie televisiva criminale. Nel caso ciò non bastasse, cosa che bastava eccome, aveva appena ammesso di essere un mutante lupo.

Se non avessi visto Tyler in azione prima, non ci avrei creduto. Avrei riso in faccia a Cody. Ma l'avevo visto. Fin troppo bene. Ciò significava che non potevo starmene lì a fare alcunché con la faccia di Cody né col resto del suo corpo.

La casetta era piuttosto piccola, per fortuna. Attraversai la sala principale e spalancai la porta d'ingresso.

«Riley!» esclamò Cody, la sua voce che riecheggiava tra le pareti in legno.

L'uomo mi stava inseguendo, i suoi passi pesanti risuonavano alle mie spalle mentre attraversavo di corsa la veranda e saltavo giù dai tre gradini su un campo di erba e fiorellini. Non c'erano altre case. Un vialetto sterrato era l'unica guida verso la civiltà. Ero da sola con Cody, il mutante. Un lupo. Se assomigliava a suo figlio, avrebbe avuto zanne abbastanza affilate da squartare un puma e spezzare il collo di quell'animale.

Il che significava che avrebbe potuto fare entrambe le cose a me.

«Cazzo, zuccherino! Fermati. *Cazzo*.»

Scorsi la sua Jeep, mi girai e corsi in quella direzione, nella speranza che le chiavi fossero all'interno. Altrimenti, avrei potuto bloccare le portiere e... Non ne avevo idea, ma sarebbe stata una barriera di metallo e vetro tra me e una... persona lupo.

Avevo il fiato corto, l'adrenalina che mi pompava nelle vene alimentava i miei passi. Non fosse che non ero una che correva. Avevo fatto la cheerleader al liceo. Non era uno sport di resistenza. Ero in grado di piegarmi e fare le capriole all'indietro, ma non mi avrebbe salvato in quel momento.

Stavo per raggiungere la Jeep, ma un braccio mi si

avvolse attorno. Strillai. I miei piedi si sollevarono da terra e venni trascinata all'indietro contro il corpo solido di Cody. La sua testa calò sul mio collo e... lui mi annusò.

«No! Non sgozzarmi!» Mi dimenai nella sua presa stretta e gettai la testa all'indietro, colpendogli il viso.

«Cazzo!» borbottò Cody. La sua presa non si allentò. Il suo braccio si avvolse attorno al mio torso, lasciato nudo dalla maglietta che si era sollevata. Poteva anche avermi messo addosso degli abiti, ma non un reggiseno.

«Non agitarti. Non opporti. Per l'amor del cielo, non *scappare*,» ringhiò lui.

«Perché?» gridai. «Hai intenzione di divorarmi!»

Lui si immobilizzò. Ogni singolo centimetro duro di lui contro il mio corpo. *Ogni* centimetro. E non ringhiò a parole. Ringhiò *davvero*.

«Se non stai ferma, ti butto giù nell'erba e ti divoro *eccome*. Capisco dal tuo odore quanto sei eccitata in questo momento. So che sei bagnata e muori dalla voglia di farti leccare.»

Le sue parole – sporche e sexy – mi fecero afflosciare. Voleva divorarmi la fica? *Il signor McIntire?*

Avevamo entrambi il fiato corto e forse per una ragione diversa da una corsa folle.

«Sei eccitata,» ripeté lui, come se avesse voluto assicurarsi che capissi. «L'unico pericolo in cui ti trovi è di svenire per via degli orgasmi che *io* ti concederò.»

Non avevo la minima idea di come rispondere a una

cosa del genere. Gli uomini con cui ero uscita non avevano mai parlato a quel modo. Certo, ero stata con alcuni di loro, e sapevo che tutti volevano fare sesso – quale uomo non lo voleva? – ma non avevano parlato in maniera tanto audace. Tanto... schietta.

«Una parola di avvertimento,» proseguì, il suo braccio che mi stringeva. «Non scappare da un lupo. Il mio lupo *adora* inseguire la preda e tu, zuccherino, gliene hai appena fornita una.»

5

CODY

«Non scapperò più.» Riley sollevò su di me i suoi occhi sgranati.

Io mantenni la concentrazione sul mio obiettivo: legarla alla testiera. Porca puttana. Era mia. Non c'era alcun dubbio ormai. Non dopo che era scappata e il mio lupo aveva percepito la sua fuga come una necessità primitiva di essere rincorsa e rivendicata. Di farsi mordere e scopare. Il fatto che l'avesse fatto senza reggiseno, le sue tette sode che sobbalzavano al di sotto della maglietta sottile, aveva reso la cosa ancora più intensa. Era scappata e aveva incitato il mio lupo a inseguirla.

L'avevo portata in casa – me l'ero gettata in spalla con

un braccio sotto le sue cosce – e avevo afferrato una corda dall'ingresso d in camera da letto.

L'avevo buttata sul letto, il mio lupo aveva ululato di soddisfazione, e lei ci era rimbalzata sopra prima che le bloccassi un polso. La corda era molto lenta; avrebbe potuto muoversi, perfino mettersi in piedi a lato del letto, ma non sarebbe più scappata.

Ce l'avevo proprio dove la volevo.

«Lo so,» dissi una volta che ebbi placato il mio lupo.

«Allora non legarmi.»

Nella sua voce intercettai un accenno di paura e fermai le mani prima di terminare il nodo. Incrociai il suo sguardo scuro. In passato, l'avevo conosciuta come un'amica di Tyler. L'avevo vista agli eventi della scuola, in città assieme a un gruppo di amiche. Mai così da vicino. Mai una sola volta avevo pensato che il colore dei suoi occhi assomigliasse al whiskey migliore. O che il cuore le pulsasse nel collo proprio dove volevo leccarla. Che le sue tette fossero della dimensione perfetta e implorassero di essere stuzzicate.

Era giovane. Io non *me la facevo* con quelle giovani. Lei aveva una vita davanti a sé che io avevo già vissuto. Sogni consolidati. Se l'avessi resa mia, le avrei portato via tutto quello. L'avrei intrappolata in una vita con un quarantenne del cazzo.

Fermai le dita sulla corda. «Ho fatto le cose nel modo sbagliato,» ammisi.

«Tu credi?» sbottò lei, gli occhi scuri che ardevano.

«Tyler mi ha raccontato del tempo che avete trascorso al fiume,» spiegai.

Lei aprì la bocca, ma non ne uscì alcun suono.

«Ho sentito del bacio.»

Arrossì e distolse lo sguardo.

«Che l'avete trovato entrambi... carente. Vero?»

Da ragazza intelligente qual era, si limitò ad annuire.

«Ma tu eri attratta da lui.»

Lei annuì di nuovo.

«Questo perché lui è mio figlio, e *tu* sei la *mia* compagna.» Proseguii di slancio perché non c'erano dubbi sul fatto che avesse un milione di domande.

Incrociò il mio sguardo e inarcò le sopracciglia. «Come, scusa?»

Io salii sul letto accanto a lei. Avrei voluto sistemarmi a cavalcioni su di lei, tenerla ferma e spiegarmi con un lungo bacio rivendicante, ma avevo già incasinato abbastanza le cose. Se volevo farle capire, dovevo smetterla di spaventarla. Un modo per farlo era slegarla, ma non sarebbe successo.

Per cui avrei continuato a spaventarla senza volerlo, cercando allo stesso tempo di spiegarmi.

«Ogni mutante ha una compagna predestinata,» esordii. «La femmina che la natura ha stabilito fosse perfetta per lui. Alcuni credono che sia il Destino, non la natura. È vero che si tratta di un legame più che biologico: è una vera e propria connessione. Visto che ne esiste una sola, e che la propria compagna potrebbe trovarsi ovunque nel mondo, la maggior parte di noi nemmeno spera di trovare la propria.» Mi cacciai le dita tra i capelli. «Tipo me. Specie quando rimani nella stessa cittadina in cui sei cresciuto e hai un figlio.»

Riley mi fissava ancora, ma rimase in silenzio.

Portava il mascara o le sue ciglia erano così lunghe e scure di natura? Cazzo... stavo perdendo la concentrazione. Avrei fatto meglio a non guardare quella bocca, o sarebbe tutto finito.

Mi schiarii la gola. «La mia, ehm, ex moglie ha trovato il suo compagno. Non ero io, chiaramente.»

Riley si leccò le labbra, la sua piccola lingua rosea che saettava fuori. Il cazzo mi pulsò. Le palle mi si contrassero. «Così...»

«Così, mi sono presentato a casa tua per portarti a Missoula per far in modo che il ricordo di te che vedevi Tyler tramutarsi in un lupo e affrontare il puma venisse cancellato dalla tua testa, ma nell'istante in cui ho colto il tuo odore, mi sono reso conto che mi appartieni.»

«Dovrei chiamarti Paparino o qualcosa del genere? È una tua perversione?»

Mi accigliai. «Cosa? Diamine, no, non mi chiamerai Paparino. Quella non è una mia perversione. *Tu* sei la mia perversione.»

Riley cominciò a scuotere la testa. «Ah, ah. No. Io non ti appartengo.»

Cambiai posizione e mi misi a cavalcioni della mia compagna riluttante. Era tanto più piccola di me. Fragile, eppure audace e coraggiosa. Chissà se capiva quanto era selvaggia.

«Sì. Tu sei la mia compagna,» ripetei. «L'unica femmina perfetta per me.»

Lei mugugnò, ma fu un verso più lascivo che intimorito, sebbene fosse nel mio letto. Legata.

«Sto per baciarti, Riley Abbott,» la avvertii, incapace di controllarmi per un solo altro istante. «E tu mi dirai se ti sembrerà sbagliato, come quando hai baciato Tyler. O se ti sembrerà di aver appena trovato l'unico maschio che risveglia il tuo corpo.»

Chinai la testa piano per concederle il tempo di protestare. Potevo anche aver fatto lo spaccone, ma non avevo intenzione di costringerla a fare nulla per cui non fosse pronta. Anche se la cosa mi avrebbe ucciso.

Lei non mi fermò. Sì! Schiuse le sue labbra succose e sollevò il viso verso il mio.

Io cercai di andarci piano. Provai a reprimere l'aggressività del mio lupo, che mi ululava di rivendicarla. Sfregai le labbra sulle sue e temporeggiai con un paio di carezze prima di insinuare la lingua nella sua bocca.

La assaggiai, assaporai. CAZZO.

Dimenticai di andarci piano non appena ricambiò il

bacio. Il membro si agitò contro la zip, e premette nell'incavo tra le sue gambe. Feci ondeggiare i fianchi mentre la scopavo con la lingua, le succhiavo le labbra e rivendicavo la sua bocca come se qualcuno avesse cercato di rubarmela.

Spezzai il bacio e ci ritrovammo entrambi senza fiato. Ero sicuro che i miei occhi brillassero di un colore ambrato. Lei aveva la pelle arrossata in modo adorabile. Il suo odore era più forte che mai.

«Allora?» Le feci scorrere un pollice sulla guancia setosa. Il suo corpo fremette sotto il mio.

«Slegami,» sussurrò lei e sollevò quegli occhi color cioccolata su di me. Erano annebbiati di desiderio. Non era rimasta immune, grazie al cielo.

«Zuccherino, quella corda è per la tua protezione. Sei scappata dal mio lupo,» spiegai. «Non puoi farlo a meno che tu non voglia che ti scopi forte.»

«Mi stai dicendo che mi hai legata al letto, per non scoparmi?» A giudicare da come stava scrutando ogni singolo centimetro di me, non ero certo se me lo stesse chiedendo perché non mi volesse o perché invece mi desiderasse.

«Non senza il tuo consenso.» Non era stato un no. Era stato un *per adesso no*.

«Non ha senso. Legarmi al letto sembra significare l'esatto opposto.» L'insolenza nella sua voce mi invogliava a dominarla ancora di più. Di sculacciarla fino a fargliela perdere per poi scoparla fino a fargliela ritrovare. Ancora e ancora. Il sangue mi corse all'uccello e forse avrei potuto venire solo nel sentirle dire *cazzo* con quella sua voce esile e ansante. Le premetti i fianchi contro. Lei si sollevò e gemette. Io ringhiai.

«Oh, voglio farlo,» dissi. Sì, era tanto più giovane. Dolce. Innocente. Ignara delle avversità della vita, quelle di cui volevo farmi carico io per lei. Ma era scappata. *Era scappata.* In un branco, quello voleva dire *inseguimi, voglio essere trattenuta, presa, usata.*

Riley non era una mutante. Ma era mia. Ciò significava che *voleva* che io le facessi tutte quelle cose, anche se solo a livello inconscio. Per il momento. Presto, una volta che l'avessi rivendicata, mi avrebbe implorato. Avrebbe capito che le sarebbe piaciuto che assumessi il controllo, che le dessi ciò di cui aveva bisogno, a prescindere da quanto perverso fosse.

Lei tirò su col naso. «Be', io no.»

Inarcai un sopracciglio, scrutai il suo bellissimo corpo, i capezzoli che le premevano contro la maglietta. «Bugiarda.» Indicai le sue tette, poi agitai il dito in cerchio.

Lei abbassò lo sguardo e arrossì di un'adorabile sfumatura di rosa mentre copriva le prove con l'avambraccio. «Non sto mentendo.»

Io trassi un respiro profondo. «Zuccherino, a parte

quei capezzoli in bella mostra per me, riesco a sentire l'odore della tua eccitazione. Stai gocciolando.»

Lei spalancò la bocca e si dimenò perché sapeva cosa intendevo. «Io... Io... Non esiste.»

Feci spallucce. «D'accordo. Non sei bagnata per me. Allora dimostralo.»

Lei piegò la testa. «Dimostrarlo?»

Con un cenno di assenso, mi sedetti sui talloni e incrociai le braccia al petto. «Vediamo quanto sei bagnata.»

Lei sollevò una mano. «*Non* mi toccherai la fica.»

Io sollevai il mento. «Fallo tu, allora.»

Sollevò il polso con la corda che vi penzolava. «Sono legata alla testiera,» mi ricordò con tono insolente

«Con un solo braccio, e la corda è piuttosto lunga. Usa l'altra mano, se vuoi. Fa' scivolare quelle dita dentro la tua dolce fica e fammi vedere. Se io, se questo, non ti eccita, allora...»

«Allora tu mi lasci andare,» si intromise lei. «E io me ne torno a casa.»

Era un accordo da cui non avrebbe tratto frutti. Sapevo che era bagnata. L'odore della sua eccitazione, dolce e pungente aleggiava nell'aria. Mi faceva venire l'acquolina in bocca dalla voglia di assaggiarla.

Mi chinai, poggiai le mani sulla testiera a entrambi i lati della sua testa così che i nostri visi fossero vicini e incombessi su di lei. Così che potesse vedere solo me.

Ancora un altro paio di centimetri, e ci saremmo baciati di nuovo. «Se il tuo miele gocciola e ti ricopre le dita, allora potrò leccarlo. Tutto quanto. Direttamente dalla fonte.»

Accaddero tre cose tutte assieme. Lei deglutì con forza, e la immaginai ingioiare il mio cazzo fino in fondo alla gola. Si bagnò di più, il suo odore quasi inebriante. Gemette e mi chiesi se qualcuno gliela avesse mai leccata.

Porca puttana. Strinsi con forza una delle travi della testiera. Se non fosse stata così spessa, avrei spezzato il legno.

Era...

Aveva un odore tanto dolce perché era ancora vergine? Era intatta e tutta mia, cazzo?

Ringhiai, e dal mio cazzo uscì del liquido seminale.

«Sei vergine, Riley?» chiesi, le parole roche e profonde che mi si riversavano fuori impazienti di sentire la sua risposta.

Lei arrossì e distolse lo sguardo.

Cazzo, lo era. «Oh, zuccherino.»

«Non sono brava, okay?» disse lei, la testa piegata di lato.

Io mi accigliai, confuso. Sembrava vergognarsi. Perché cazzo avrebbe dovuto sentirsi così per non essersi scopata un liceale arrapato quando sapeva, nel profondo, di aver aspettato me?

«Come puoi essere brava in qualcosa che non hai mai fatto?» Tesi una mano e le ravviai i capelli dietro l'orecchio. Sembravano seta tra le mie dita.

«L'hanno detto loro,» sussurrò lei.

Rabbrividii e il mio lupo si mise all'erta. *«Loro?»* La mia voce uscì cupa e letale, ma lei non lo notò. Chi cazzo erano *loro*?

«I tipi con cui sono uscita. Con cui me la sono fatta,» spiegò. «Dicevano che ero... grassa. Insensibile. Noiosa. Non degna di... Che...»

«Zitta,» sbottai. Mi ricordavo cosa aveva detto Tyler del bacio. Non aveva accennato al fatto che fosse grassa. O insensibile. Ma il bacio era stato brutto. Le sue sensazioni erano state confermate prima dal mio stesso figlio? E noiosa? Irradiava una luce così intensa che quei *ragazzini* ne erano stati accecati. Senza dubbio si erano sentiti in difetto in sua presenza e avevano rigirato i loro problemi su di lei. Be', avrei sistemato subito quelle cazzate.

Il suo sguardo corse a incrociare il mio. «Visto? Un bacio e sei d'accordo con...»

Scossi la testa con veemenza. «Sono arrabbiato perché hai creduto loro.»

E per il fatto che quei ragazzini avessero toccato ciò che era mio, sebbene non si fosse trattato che di sbaciucchiamenti tra adolescenti.

«Io...»

«Erano *loro* a non essere degni del tuo tempo. Perfino Tyler.»

Abbassai una mano e premetti il palmo contro la mia erezione attraverso i jeans. «Lo vedi questo?» chiesi e lei chinò lo sguardo. Spalancò gli occhi nel rendersi conto di quanto ce l'avessi grosso. «È tutto per te, zuccherino. Me lo fai venire durissimo, cazzo. Non sei insensibile. O *grassa*, che è la cosa più stupida che abbia mai sentito. Un bacio e non vorrei mai più farti alzare da questo letto. Ora mostra al tuo compagno quanto sei bagnata,» le ordinai. Lei continuò a fissarmi a occhi sgranati, e aggiunsi, «Fallo.»

Riley si insinuò piano una mano sotto i leggings e... cazzo, che vista. Inarcò la schiena. Quando infine sollevò la mano, io le afferrai il polso e lo tenni sospeso in mezzo a noi. Luccicava. Gocciolava.

Era la visione più bella del mondo, cazzo. La mia compagna era fradicia.

«Questo... cazzo. Questo miele dimostra che non sei insensibile. Ho avuto effetto eccome su di te. I tipi del liceo erano *ragazzini*. Idioti. Ciò che ti serve è un uomo. Un uomo vero. Io. Il tuo corpo lo sa.»

Mi infilai le sue dita in bocca. E succhiai.

6

RILEY

ODDIO. La sensazione della sua lingua umida e la suzione della sua bocca sulle mie dita fu la cosa più erotica che mai. Io ero bagnata, bagnatissima per lui.

La mia fica fremeva, il mio clitoride pulsava dalla voglia di quell'uomo. *Perché?* Era come se la mia libidine avesse avuto un pulsante rimasto spento fino a quel momento. Come se il motivo per cui non mi fosse piaciuto baciare Matt Hutchins in terza superiore o farmela con Ethan Zibarsky l'anno prima fosse il mio disinteresse. Nei confronti di tutti. Come con Tyler, non avevo provato niente. Non mi ero mai bagnata.

Ma era bastato un ordine da parte di Cody McIntire e mi ero ritrovata *fradicia*. Vogliosa. Dio, bramavo tutto ciò di cui avevamo parlato e molto di più. Lo avevo immaginato zittirmi col suo cazzo in bocca. Leccarmi l'eccitazione dalla fonte. Entrambe le possibilità, e altre ancora, mi sarebbero state più che bene.

Non avrei mai immaginato che mi avrebbe eccitato pensare a una scopata in gola, ma d'altronde, non mi ero mai aspettata che avrei gocciolato di voglia per il padre di Tyler. Per non parlare del fatto che mi aveva inseguita. Che mi era venuto dietro e mi aveva presa. Avevo percepito la mazza d'acciaio nei suoi pantaloni quando mi aveva tenuta stretta contro il suo corpo. E il tutto prima di legarmi al letto.

Legarmi. Al. Letto.

Era chiaro che avessi una perversione sconosciuta per il rapimento. Una perversione da prigionia. La necessità di essere dominata. Un fetish per gli uomini più anziani. La voglia di un *mutante*, sebbene non avessi intenzione di pensare più di tanto a quello in quel momento. La faccenda della compagna era da perderci la testa, ma vabbè. Chi... cazzo... se ne fregava del motivo per cui un uomo sexy ed esperto mi stava leccando le dita piene dei miei succhi? Avrei dovuto permettere che la cosa andasse avanti? Gli avevo detto di non voler essere scopata e lui aveva capito che mentivo. Ora lo sapeva per certo perché ero fradicia e mi stavo dimenando e gemevo come una pornostar. Solo perché aveva le mie dita in bocca.

Ero pazza per aver cambiato idea? Cody era *così* bravo? Ovvio che lo era. In teoria era stato con tutte le donne disponibili in città. Senza dubbio avevano reagito come stavo facendo io.

Mi importava? Non se avesse continuato a fare ciò che stava facendo. Dio, già solo la sua bocca era meravigliosa. Come il suo... *ottenere un assaggio dritto dalla fonte*, e ciò significava che io avrei ottenuto un orgasmo folle... Con un uomo. Sarebbe successo, avrei scoperto cosa intendeva, dopodiché sarei andata avanti con la mia vita. Forse avevo desiderato una famiglia perfetta e una casa con lo steccato bianco, ma ero anche realista. Quella storia dell'inseguimento e della compagna era una delle sue classiche mosse di corteggiamento? Stava recitando le sue solite battute a effetto? Dovevo tenere bene in mente che non avrei ottenuto nulla di speciale da Cody perché ero sicura che dicesse le stesse cose a tutte le ragazze.

Era giunto il momento di tirarmi su le braghe, da brava ragazza adulta – o calarmele – e ricordare che si trattava solo di divertimento. E di un bel po' di perversione.

La gente faceva sesso dopo essersi conosciuta in un bar. O attraverso un'app di incontri. Ce n'erano perfino alcune solo per andare a letto. La gente intendeva scopare e dimenticare, forse senza nemmeno condividere il proprio vero nome. Perché non avrei potuto farlo io con un tipo che sapevo fosse sicuro? Okay, forse più o meno sicuro. Che mi voleva. Che sapeva cosa stava facendo. Che a giudicare da quel rigonfiamento assurdo, aveva un cazzo grosso. Di certo aveva l'energia che vi si abbinava.

Io avevo diciannove anni. Volevo del sesso. Volevo avere un orgasmo indotto da un uomo. Volevo sapere cosa si provava. Magari Cody aveva ragione sul fatto che Matt, Ethan e Tyler fossero dei *ragazzini*.

Guardare Cody ripulirmi le dita con la lingua era così carnale. La corda attorno al polso mi ricordava che non avevo scelta. No, ce l'avevo. Non aveva intenzione di fare nulla senza il mio consenso. L'aveva detto lui. Non fosse che quelle parole e la corda erano in contraddizione. Il fatto che non volesse prendersi ciò che non veniva offerto liberamente sebbene fossi legata al suo letto era rassicurante. Liberatorio.

Voleva farmi ogni genere di roba perversa e io avevo una scelta. Potevo assecondare ciò che mi eccitava e far finta che non me ne stesse lasciando una. Che fossi stata davvero catturata, che fossi legata a un letto per soddisfare le sue necessità.

Porca puttana, che roba eccitante. Era una pessima idea, ma una pessima idea con degli orgasmi. Avrebbe scoperto che non ero la sua compagna o avrebbe detto *stavo solo scherzando!* o qualcosa del genere e io sarei tornata a vagliare le mie opzioni di ragazzi al college senza più la mia verginità e con aspettative realistiche riguardo ai futuri amanti. Perché perderla con goffaggine e imbarazzo quando avrei potuto avere... porca puttana... QUELLO.

La storia dell'accoppiamento non aveva senso, ma capivo cosa significava un cazzo duro. Cody mi voleva. Voleva me!

Potevo usarlo. Era il *papà* di Tyler. Non c'era nulla di reale, lì. Avremmo avuto quella giornata. Quel momento. Poi avremmo chiuso. Io non sarei più stata vergine, e avrei scoperta cosa fosse il vero sesso.

Non sarebbe stata una cosa complicata se non l'avessi resa tale.

Avrei fatto sesso con Cody per poi passare oltre. «Ho mentito. Lo voglio. Ti prego,» sussurrai, decisa a perdere la mia verginità. Lui l'avrebbe reso bello. L'avrebbe reso perverso. Era solo che non avevo mai saputo di volerlo così.

Lui smise di succhiare. Mi tenne il polso, ma si tirò via le mie dita dalla bocca.

Il suo sguardo appassionato sostenne il mio. «Ti prego, cosa, zuccherino?» La sua voce era più profonda e più roca.

«Ti prego, fa' ciò che hai detto.»

«Che cosa ho detto?»

Io mi leccai le labbra e lo guardai. I suoi occhi passarono da azzurri ad ambrati. Brillavano.

«Che mi avresti assaggiata alla fonte.» *Per poi scoparmi.*

«La tua dolce fica.»

Annuii e mi dimenai, ricoperta dalla pelle d'oca. Non riuscivo a sfregarmi le cosce l'una contro l'altra perché lui ci era seduto a cavalcioni sopra.

«Sono scappata,» ammisi. «Ho mentito riguardo al non essere bagnata.»

Lui assottigliò lo sguardo. «Sei stata una cattiva ragazza,» affermò, adattandosi al volo alla situazione.

Io mi morsi un labbro perché non ero mai stata chiamata così prima di allora, specie non a *quel* modo. Annuii. «Lo so. Hai dovuto perfino legarmi. Non posso scappare.»

Oddio, cosa stavo dicendo?

Lui si spostò sul letto, allungò le mani verso l'orlo dei miei leggings e li tirò giù, scoprendomi un centimetro alla volta. Dopo averli gettati a terra, sistemò le ampie spalle tra le mie cosce. Mi sollevò l'orlo corto della maglietta così che i miei seni fossero esposti. Io abbassai lo sguardo su di lui, la sua bellissima faccia in mezzo alle mie gambe. «E tu non vuoi farlo. Ti divorerò la fica, zuccherino. Un vero uomo sta per leccartela tutta, dopodiché ti bagnerai di nuovo. Ti farò venire. E prenderai qualunque cosa ti darò.»

Sì, ti prego. Annuii.

«C'è mai stato nessuno qui?» chiese lui, il suo fiato che colpiva la mia pelle accaldata.

Io scossi la testa, il respiro corto.

«Cazzo,» mormorò lui. Chiuse per un attimo gli occhi, poi la sua bocca mi fu addosso.

«Oh merda!» Ricaddi contro il cuscino.

La sua lingua leccava, lambiva e scopriva ogni centimetro della mia pelle sensibile. Trovò il clitoride e succhiò, facendomi inarcare i fianchi. Le sue mani si posarono sul mio interno coscia e mi separarono le gambe.

Non avevo mai provato nulla del genere. Non mi ero mai immaginata che sarei stata così aperta ed esposta per qualcuno. Diamine, quello era il signor McIntire!

Infilai la mano col polso legato tra i suoi capelli. Li strattonai per spingerlo contro di me perché era fantastico. Come piccole fiamme. Leccate di... oddio.

Fece girare un dito in cerchio attorno alla mia apertura, mi contrassi e venni. Urlai. Mi dimenai. E gli colai tutta in faccia.

«Cody!» strillai.

Ringhiò contro la mia fica. Mi accorsi del suo desiderio. Non mi lasciò andare, anzi, mi infilò un dito dentro e lo arricciò.

«CODY!» Era un bene che ci trovassimo nei boschi. I vicini avrebbero chiamato la polizia visto il baccano che stavo facendo. Dio, la polizia. Mio padre.

«Un altro,» mormorò Cody mentre continuava ad accarezzare un punto meraviglioso dentro di me. I pensieri di mio padre... di qualunque cosa, svanirono.

Ondeggiai i fianchi contro il suo viso per cavalcare quella sensazione deliziosa fino a che... «Lì. Lì. *Lì*.»

Invece di proseguire, lui si fermò. Sollevai la testa e lo guardai. «Perché... perché ti sei...»

Aveva la barba zuppa, *zuppa*, di me. Le sue labbra luccicavano. «Ho io il controllo di questa fica, zucche-rino. È mia. Tutta mia.»

«Okay, d'accordo. La mia fica è tua, fammi venire e basta,» sbottai, travolta dalla voglia che continuasse. Stavamo facendo giochetti di sesso. Tutta quella storia della prigionia. Della cattiva ragazza. Quella vena possessiva. Sarei stata al gioco se mi avesse fatto ottenere un altro orgasmo.

Lui chinò la testa e si rimise all'opera. Non ci volle molto, visto quanto era bravo. Venni di nuovo, poi ancora una volta, piagnucolando. Persi il conto.

«Che vergine perversa,» mormorò lui e io persi i sensi dal piacere.

7

CODY

«Sono ancora drogata?» mormorò Riley, le palpebre che le si aprivano tremolanti. Le avevo appena concesso più orgasmi di quanti potesse sopportare e il suo corpo era floscio e pesante per via di tutto quel piacere.

Il mio cazzo pulsava di desiderio, ma non avevo intenzione di tirarlo fuori. Non con una vergine con la metà dei miei anni. Specie non con una che avevo drogato e legato alla testiera del letto nella mia casetta. Non con la mia compagna prima che fosse pronta, a prescindere da cosa dicesse o da come il suo corpo gocciolasse per me.

«No, zuccherino. Sei in estasi orgasmica.» Le slegai il polso, e baciai la pelle rovinata, provando un dannato senso di colpa per aver mancato di rispetto alla mia compagna a quel modo. Non sarebbe fuggita adesso, quello era certo, cazzo, ma non aveva bisogno di trovarsi la pelle arrossata e indolenzita come promemoria. Ciò che avevamo fatto non era stata una vera punizione e l'unica parte di lei che avrebbe dovuto essere rossa e indolenzita era il suo culo.

Ma le era piaciuto. Non avevo alcun dubbio che avessi dato a Riley ciò che voleva.

Lei si sollevò sui gomiti e cercò di guardarmi attraverso le palpebre pesanti. La sua maglietta scivolò giù a coprirle le bellissime tette. Quelle che ancora dovevo gustarmi.

«Cody?» C'era molta apprensione nel modo in cui pronunciò il mio nome.

«Sì, zuccherino?»

«Voglio che tu ti prenda la mia verginità.»

Mi immobilizzai e il mio lupo ululò di gioia per quella sua piccola supplica perversa. Riley aveva le gambe attorno alle mie spalle, la figa gonfia e il clitoride turgido. Volevo prendermi la sua verginità. Volevo anche marchiarla con le mie zanne. Farla mia per sempre.

«Dunque lo senti?» La scrutai. Non ero sicuro di quanto un'umana fosse in grado di percepire l'attrazione di un compagno predestinato. I lupi lo sapevano subito per via dell'odore. Il senso dell'olfatto degli umani non era altrettanto raffinato. Ma doveva provare qualcosa: la reazione del suo corpo nei miei confronti era innegabile. «Riconosci che sono il tuo compagno?»

Lei aggrottò la fronte. «Sei quello che voglio che si prenda la mia verginità.»

Mi accigliai. Nella mia testa risuonarono dei campanelli d'allarme. Sì, il suo corpo ci stava – diamine, se ci stava – ma sospettavo che la sua mente no... non ancora. Percepiva l'attrazione, ma non comprendeva cosa significasse. Voleva che io fossi *quello*. Il suo primo. Nient'altro.

Era chiaro che non conosceva la profondità di ciò che desideravo da parte sua... no, di cui avevo bisogno. Comprendeva che ero il suo compagno, ma non cosa significasse accoppiarsi o che i lupi si accoppiassero a vita. Che se non l'avessi marchiata presto col mio odore, avrei potuto soccombere al delirio da luna piena. Non sapeva che, una volta che l'avessi marchiata, non si sarebbe sbarazzata di me. Sarebbe rimasta bloccata con me per il resto della sua vita, molto più lunga della mia.

Per quanto volessi scoparmela, la mia coscienza pretendeva che mi assicurassi che comprendesse cosa stesse succedendo. Era a malapena un'adulta. Non aveva mai fatto sesso. Sarebbe stato così facile per me approfittarmi di lei, ma non avevo intenzione di farlo. E poi, aveva scoperto solo quel giorno dell'esistenza dei mutanti e della storia degli accoppiamenti.

«No.» Lo dissi a denti stretti.

«*No?*» Spalancò gli occhi. Aprì e chiuse la bocca un paio di volte. «Cosa vorrebbe dire, no?»

«Vuol dire che non ho intenzione di scoparti.» Se il mio lupo avesse potuto farmi del male, mi avrebbe cavato le budella con gli artigli per aver detto una cosa del genere.

«Cosa?» Lei cercò di indietreggiare, ma io le afferrai le cosce nude. «Non è per quello che mi hai portata qui?» Toccò a lei scrutarmi, la sua espressione confusa e un po' allarmata.

«Io non drogo le donne per il sesso,» ringhiai. Quella domanda era un'altra prova del fatto che non avesse idea dell'importanza della situazione.

«Facciamolo,» proseguì lei. «Hai detto che finora sono stata con dei ragazzini. Voglio che sia un vero uomo a scoparmi per la prima volta.»

Io piegai la testa all'indietro. Gemetti. «Mi stai uccidendo, zuccherino.»

Certo, era quello che volevo, ma non era abbastanza. Io volevo tutto con lei. La sua mancanza di comprensione era frustrante da morire, specie se mi dipingeva come un viscido o un pervertito. O uno stronzo. Il suo repentino cambio d'idea dimostrava che non capiva il quadro generale. Vedeva questa situazione in funzione del sesso. Della soddisfazione. E poi... addio?

Una scopata singola? La perdita della sua verginità e basta? Non esisteva.

Ero grato del fatto che volesse farlo con me? Cazzo, sì. La domanda era, se gliel'avessi negato, sarebbe andata da qualcun altro?

Col cazzo che glielo avrei permesso.

I suoi occhi erano fissi sull'erezione che mi premeva contro i jeans e sulla macchia di liquido seminale che si allargava di minuto in minuto.

Attesi finché il suo sguardo non incrociò di nuovo il mio. «Ho avuto un assaggio del tuo sapore e del tuo odore. Il mio lupo ha adorato soddisfarti. Dunque, per il momento, io sono a posto.»

«Ma...»

«No,» ripetei, più per il mio lupo che per lei.

Lei sollevò il mento. «Se non hai intenzione di fare sesso con me, allora riportami a casa.»

Era nuda dalla vita in giù. La sua fica era bagnata e gonfia, e lei voleva andarsene a casa? Non avrei *mai* dimenticato come aveva goduto sulla mia lingua. Il suo sapore, i suoi gemiti. Dare soddisfazione alla mia compagna predestinata per la prima volta era uno dei miei obiettivi di vita.

«Ti prometto che non racconterò a nessuno di Tyler. Di cosa è successo. Possiamo dimenticarci tutto. Non devi cancellarmi la memoria o quel che è.»

«Tutto perché non ho intenzione di scoparti?»

Lei fece spallucce. «Sì. Non ha senso. Quale uomo *non* vuole fare sesso? Forse sono...»

«Non lo sei,» dissi io prima che parlasse di nuovo male di se stessa. Cazzo, le stavo facendo dubitare di quanto fosse sexy ed eccitante? Ero peggio di quei *ragazzini*?

CAZZO.

«Mi hai *drogata*,» mi ricordò lei. «Mi hai portata in una cavolo di casetta nei boschi. Hai intenzione di tenermi prigioniera per il resto della mia vita?»

Mi accigliai di fronte alla stupidità di quella domanda. Se tutto ciò che sapeva riguardo a un rapimento derivava dalla visione di serie televisive, allora forse avrebbe tratto quella conclusione. Non aveva paura di me, però. Le avevo appena divorato la fica, dannazione!

«Ovvio che no. Ti ho solo portata qui per...» Lasciai in sospeso la frase. Il mio ragionamento non era poi così chiaro. L'istinto del mio lupo mi aveva spinto a portarla in un luogo isolato. Un luogo in cui avrei potuto approfittarmi di lei. Marchiarla. Ma lei non era pronta, e io mi ero preso in giro nel dirmi che lo fosse. Non me la sarei presa fino a quando non avesse compreso del tutto e mi avesse desiderato quanto io desideravo lei... e non solo sessualmente.

Lei era la mia compagna. Io sapevo che era quella giusta per me. Dovevo solo far sì che anche lei lo capisse.

«Per legarmi e farmi venire?»

Mi si incurvarono le labbra. «Be', quello sì.»

Lei si acciglió. «Ma non hai intenzione di fare sesso con me. Io sono una garanzia, Cody.» Agitò un braccio. «Niente legami.» Ebbe l'audacia di adocchiare la corda ancora attaccata alla testiera. «O almeno non più.»

«Tu vuoi... cosa? Scopare per poi farti riportare a casa? È di questo che pensi che si tratti?»

«Sì. Scopiamo e poi tu mi porti a casa.»

Porca puttana, che casino che avevo fatto.

«Io dimentico che mi hai drogata e che volevi farmi cancellare la memoria perché ho visto Tyler trasformarsi in un lupo,» aggiunse. «Ho promesso di non raccontarlo.»

«Si tratta di un nuovo accordo, zuccherino?»

Forse lei era in grado di negoziare con me, specie se nell'accordo era inclusi degli orgasmi, ma non esistevano compromessi con Rob Wolf. O la rivendicavo, o si faceva cancellare la memoria. Punto.

Lei fece spallucce.

Se avessimo fatto sesso, a giudicare dalla sua risposta, l'avrebbe fatta finita con me. Non esisteva. Lei voleva del sesso. Voleva il mio cazzo, non me.

Non c'era alcun accordo, lì. Dovevo concederle *tutto*. Tranne il sesso. Non l'avrebbe ottenuto in quel momento, non finché non avesse saputo tutto e non avesse voluto essere mia. E non mi avesse implorato di rivendicarla.

Non le avrei negato il suo piacere – cazzo, guardarla

venire era stata una delle cose più erotiche del mondo – ma non avrebbe ottenuto il mio cazzo. Dovevo farle capire che la sua vita adesso era con me, ma portarla nella casetta non era il modo in cui avrei dovuto farlo. Dovevo essere paziente, il che faceva schifo. Avevo pensato di essere un uomo paziente, ma Riley mi rendeva rabbioso.

«Se non mi porterai a casa, mio padre lo scoprirà.» Era un rischio a cui non avevo pensato. E pure grosso.

«Merda.»

Era un'adulta, ma rimaneva comunque la bambina di Kyle Abbott e lui non avrebbe voluto che le ronzassi attorno, figuriamoci che me la divorassi. Ero troppo vecchio per affrontare una sfida del genere.

Sospirai. «Considerate le mie intenzioni, tuo padre mi sparerà di sicuro.»

«Be', buon per te, è a Bozeman a testimoniare per un processo per i prossimi giorni.»

Grazie al cielo. Avevo una tregua prima di farmi sparare, e riprendermi da una ferita d'arma da fuoco. Mi serviva del tempo per corteggiare Riley. Per conquistarla. Per concederle abbastanza orgasmi da farle capire che lei era la mia compagna predestinata e sarebbe stata mia per sempre.

Stavo rischiando molto. Di certo non potevo permettere a qualcuno di cancellarle la memoria. Avrei dovuto nascondere a Rob di non averlo fatto fino a quando non fossi riuscito a marchiarla, insegnarle dei mutanti, fornirle conoscenze che avrebbe potuto usare per distruggere il branco intero. Avrei dovuto soddisfare le sue necessità sessuali senza compromessi, a prescindere da quanto avrebbero sofferto i miei testicoli. Dovevo far sì che diventasse mia prima che suo padre tornasse a casa. Prima che Rob lo scoprisse.

Scesi dal letto e mi abbassai a recuperare i suoi leggings. «D'accordo. Ti riporto a casa.».

Lei mi guardò, scettica, mentre li prendeva. Come se non l'avessi drogata, rapita e legata al letto solo per poi lasciarla andare. «Niente cancellazione della memoria?»

«Niente cancellazione della memoria. Non raccontarlo a nessuno,» la avvertii.

Riley scosse la testa. «Non lo farò.» Purtroppo, cominciò a rimettersi i leggings.

«Non scoperai altri ragazzi solo per sbarazzarti della tua verginità.»

«Tu non te la vuoi prendere,» replicò lei caparbia.

«Me la prenderò, ma prima ci divertiremo un po'.»

I suoi occhi si accesero interessati. «Davvero?»

«È una promessa, zuccherino.» Agitai un dito per aria. «Fino ad allora, tutto questo resterà un segreto.»

Lei ci rifletté. «Già, probabilmente hai ragione. Siamo un segreto.»

Mi chinai a baciarla, e lei me lo lasciò fare. La presi

per mano e la condussi fuori dalla camera da letto fino alla mia Jeep.

La luna quasi piena era alta in cielo come la mia dea benevola. La divinità che aveva appena avverato un desiderio che non avevo nemmeno osato esprimere.

Le aprii la portiera e la aiutai a salire. Feci il giro e mi sistemai sul sedile lato guida, sotto il suo sguardo attento. «Chi altri è un lupo?» Prima che potessi rispondere, trasalì. «*Wolf* Ranch! Oddio! Tutti al Wolf Ranch sono mutanti?»

Cazzo. Non solo dovevo convincere Riley a essere mia, dovevo anche convincere Rob che fosse così. Perché mi avrebbe fatto il culo per non averle modificato la memoria, e perché stava cominciando a fare due più due su chi altri a Cooper Valley fosse un mutante. Avrebbe dato di matto nel rendersi conto che la sua consapevolezza avrebbe potuto mettere in pericolo il suo ranch.

Mi avrebbe anche fatto il culo per aver sedotto una ragazza invece di eseguire i suoi ordini. Avrebbe capito, una volta scoperto che era la mia compagna. Se non altro, confidavo nel Destino che l'avrebbe fatto.

8

RILEY

Restammo in silenzio durante il tragitto di ritorno in città. La mia mente era sopraffatta e confusa. Avevo solo immaginato Tyler che si trasformava in un lupo? Stavo impazzendo? Di certo non avevo immaginato di finire in una casetta nei boschi con Cody, né *soprattutto* lui che mi metteva la bocca addosso e me la leccava fino a farmi avere orgasmi multipli.

La mia fica formicolava a quella sensazione latente, ma pulsava anche dalla voglia di altro.

Già, quello era successo davvero.

Quale uomo droga e rapisce una donna, per poi leccargliela senza volere nulla in cambio? Cody era un tipo assurdo. Era burbero e dominante, ma anche attento, protettivo e premuroso.

Gli lanciai un'occhiata. Il suo polso era appoggiato con noncuranza in cima al volante mentre sobbalzavamo lungo la strada sterrata. Il suo sguardo era fisso davanti a noi. Di profilo, era bellissimo. Nessun tipo che conoscevo era in grado di farsi crescere dei baffi, figuriamoci una vera e propria barba. La sua era morbida – il mio interno coscia lo aveva sperimentato – e avevo voglia di allungare una mano nell'abitacolo della Jeep e toccargliela.

Quell'uomo mi voleva. Me! Ma mi stava riportando in città perché avevamo stretto un patto. Io non avrei detto una sola parola a nessuno riguardo a quello che era successo con Tyler. Chi mi avrebbe creduta? Non avrei detto a nessuno nemmeno di Cody perché, fino a poche ore prima, lui era stato *il signor McIntire.*

Le mie amiche sarebbero state invidiose – perché era un rubacuori – ma avrebbero anche pensato che fossi pazza. Era vecchio. Sulla quarantina. Aveva un figlio della mia età. Io andavo al college. Avevo tutta la vita davanti. Io volevo una famiglia tradizionale. Il cane. I bambini. Sin da quando mia madre mi aveva abbandonata a sette anni, desideravo solo una madre che rimanesse. Tornare a casa da scuola per ricevere abbracci e merendine. Avere qualcuno che mi aiutasse coi progetti di scienze e le acconciature. Che mi insegnasse a farmi la ceretta. Tutto ciò che faceva una madre. Be', tranne la mia. Lei non era stata interessata...

mai. Mamma e papà erano stati assieme e mi avevano concepito per sbaglio.

Ma papà non era stato l'unico uomo con cui era uscita durante la loro relazione. Da ciò che avevo carpito da lui, e dai pettegolezzi in città, mia madre era stata una che ci provava con tutti. No, rettifichiamo. Era una donna e quindi una zoccola. No, promiscua. Dissoluta. Tutti aggettivi che avevo sentito associati a lei nel corso degli anni. Sussurri alle mie spalle e qualcuno dritto in faccia. Non avrei mai denigrato una donna per il fatto di volere del sesso come un uomo – ecco perché mi irritava la terminologia da zoccola piuttosto di una che ci provava con tutti – ma ciò non comprendeva il tradimento o lo scarico delle proprie responsabilità.

Papà aveva fatto del suo meglio, ma noi due in bagno con lui che mi mostrava come usare un rasoio era un pensiero ridicolo.

Lui mi voleva bene. Era indubbio. Ma non si fidava più dell'amore e delle relazioni dopo che lei ci aveva abbandonati per un fotografo di viaggi di passaggio in città. Io non avevo idea di come fosse il vero amore, e desideravo qualcuno che fosse mio, mi desiderasse e mi tenesse con sé. Che mi mettesse al primo posto.

Forse era stato un bene che io e Cody non avessimo fatto sesso perché se ci fosse stata la foto di un donnaiolo nel dizionario, sarebbe stata la sua. Avevo avuto la mente annebbiata dal desiderio perché aveva un gran talento. Aveva offuscato il mio ragionamento lucido.

Non fosse che... un donnaiolo scopava. Era quello il punto di essere un donnaiolo. Cody non si era nemmeno spogliato. Io non l'avevo toccato né avevo visto il suo cazzo. Lui mi aveva concesso degli orgasmi. Ora sapevo di non essere affatto insensibile. Che Matt e Ethan non avevano la minima idea di cosa si facesse a letto. Avrei dovuto ringraziare Cody già solo per quello.

Lui rallentò la Jeep e svoltò nella mia via.

E poi c'ero io, la vergine. La cui esperienza si riduceva solo ad aver baciato in bocca un paio di ragazzi. Erano bastate delle parole aggressive e ringhiose da parte di Cody, e volevo fare sesso. Era così che aveva cominciato mia madre? Come si era sentita con un uomo? Vogliosa di cazzo?

Oddio. Ero una zoccola arrapata. Una zoccola *vergine*, il che era impossibile, ma... Lo volevo selvaggio. Perverso.

Lui rallentò e parcheggiò la Jeep davanti alla casa della nonna. Si girò a guardarmi.

Io mi schiarii la gola. Cosa dovevo dire a un uomo che aveva infilato la testa tra le mie cosce e poi si era rifiutato di scoparmi?

«Ehm, grazie, signor McIntire,» borbottai. Già, *davvero disinvolto.* «Ci, ehm... ci vediamo in giro.»

Sollevai lo sguardo sul suo: aveva la mascella serrata.

«Cody,» mi corresse per poi puntarmi un dito contro. «Resta lì.»

Scese dall'auto e fece il giro per aprirmi la portiera. Si infilò perfino nell'abitacolo per slacciarmi la cintura. Io colsi il suo odore. Pulito e speziato. Scorsi dei capelli grigi sulle sue tempie. La sua bocca era così piena e perfetta. Ci eravamo baciati.

Se mi fossi sporta, avremmo potuto rifarlo.

No, avevamo un patto. Lui mi aveva portata a casa. "Niente sesso. Non dirlo a nessuno."

Lui mi condusse lungo il vialetto, la mano appoggiata alla mia schiena. «Codice?» mi chiese, riferendosi alla serratura senza chiave che papà aveva installato sulla porta della nonna così che potessimo entrare con un codice numerico nel caso in cui ci fosse stata un'emergenza.

«Sei-due-quattro-sette,» dissi.

Lui lo inserì e aprì la porta per me.

«Devo andare al lavoro,» asserì.

Era quasi ora di cena. «Giusto,» replicai. Lui gestiva il Cody's Saloon. Non solo lo gestiva. Lo possedeva. «Grazie per, ehm... la giornata interessante.»

Lui si chinò, mi baciò. Ringhiò. Annusò. «Verrai al bar stanotte.»

Io spalancai gli occhi sorpresa. «Cosa?»

«Mi hai sentito.»

«Non posso.»

«Puoi.» La sua voce fu insistente.

«A parte non avere ventun anni...»

«Puoi,» mi interruppe. «È legale. Solo non posso servirti dell'alcol.»

Non sapevo perché il suo invito – o meglio, *ordine* – mi eccitasse. Andare in un bar non era poi nulla di speciale. Non fosse che lo era. Il Saloon di Cody era l'unico bar in città e tutte le persone della mia età morivano dalla voglia di essere grandi abbastanza da farci festa. Era la migliore – e unica – vita notturna in città. Il luogo in cui suonavano le band, la gente andava a ballare e ci si metteva insieme tra bevande che scorrevano a volontà. Avevo perfino sentito parlare del toro meccanico. Dovevo ammettere che parte del fascino di Cody, derivava dal fatto che era il leggendario e sexy proprietario del bar. Colui che ospitava gli incontri e i bei passatempi di Cooper Valley.

Ed era interessato a me.

Mi aveva ordinato di andare nel suo bar. Era quasi troppo bello per essere vero: *Cody era un donnaiolo che mi aveva drogata!* Dovevo evitarlo e lasciare che i miei ormoni scatenati mi riportassero ai ragazzi della mia età.

«... e perché ho dei piani,» conclusi.

Lui inarcò un sopracciglio come se pensasse che gli avessi mentito. O che avessi inventato un'altra scusa per evitarlo.

«Vado a giocare a bowling con le mie amiche Alice e Wendy.»

«Bowling?» ripeté lui, la bocca incurvata verso l'alto, sorpreso dalla mia risposta.

Io annuii.

I suoi occhi azzurri sostennero i miei e… ci fissammo, circondati dai rumori dell'isolato… un tagliaerba, un uccellino che cinguettava su un albero.

Alla fine, lui chinò la testa e sfregò le labbra sulle mie. «Ci vediamo presto, allora.»

Chiusi a chiave la porta alle mie spalle e mi ci appoggiai contro.

Cody McIntire ti mandava in super confusione. Un donnaiolo ti portava in fretta a letto per poi lasciarti sulla porta con un, «Ci vediamo presto» senza intenderlo davvero.

Cody si era rifiutato di prendersi la mia verginità. Si era rifiutato di fare sesso con una vergine, che, stando ai romanzi rosa e ai porno, era un'occasione che nessun uomo si lasciava sfuggire.

Eppure lui lo aveva fatto.

Ci saremmo rivisti presto?

Esasperata, alzai le braccia al soffitto.

9

CODY

ALLA CONSEGNA della birra mancavano quattro barili. Una cameriera si era data malata. Qualcuno aveva cagato e intasato il bagno degli uomini. Il tutto era successo prima delle otto. Poi i clienti avevano cominciato ad accalcarsi davvero nel locale e io stavo dando una mano dietro il bancone, per stare al passo con le ordinazioni. A parte il cesso intasato, non c'era poi chissà che problema. Un'altra serata nell'unico bar in città.

Ciò che *era* diverso quella sera era che io avevo una compagna predestinata. Certo, mi stavano per cadere le palle, ma non riuscivo a smettere di sorridere come se mi fossi fatto una scopata. Avevo il sapore di Riley sulla lingua, il suo odore che mi impregnava la pelle.

Il cazzo mi pulsava all'idea che fossi *l'unico* uomo che l'avesse fatto. E che l'avrebbe fatto mai.

Non fosse che lei stava giocando a bowling con le sue amiche. Il mio lupo non comprendeva quel concetto, ma non gli piaceva che fossimo distanti. Voleva darle la caccia. Inseguirla di nuovo e scatenarsi primitivo su di lei. Merda, ora stavo pensando anche a scoparmi quel buco vergine.

Un giorno.

Un giorno, avrei avuto ogni centimetro di lei.

Si sperava prima della luna piena, perché quella tensione crescente avrebbe fatto impazzire me e il mio lupo. Versai un'altra birra, la poggiai sul vassoio assieme alle altre tre, ci attaccai l'ordine umido di lato e lo posai sul bancone per Wanda, una delle cameriere.

Servii il cliente successivo, che non era un tipo che voleva un altro boccale in attesa, ma Rob Wolf insieme alla sua compagna.

Cazzo.

Lui era appoggiato al bancone, rilassato come suo solito, cazzo, un braccio avvolto attorno alla vita di Willow. Come se la forte musica country non lo disturbasse. Né la festa di addio al nubilato scatenata in un angolo. O gli incitamenti di un gruppo chiassoso attorno al toro meccanico. Col suo cappello da cowboy in testa e le mani rovinate dal lavoro al ranch, si mescolava alla folla. Che fosse in grado di sentire un topo scorreggiare nel vicolo perché era un mutante alfa non era affatto palese.

Afferrai uno straccio pulito e lo passai sul bancone lucido davanti a loro. «Ehi, ragazzi. Birra?» chiesi col mio solito sorriso tranquillo.

Lui guardò Willow. «Sarebbe fantastico,» disse lei. «Grazie.»

Rob annuì e mi fece cenno di versarne una anche a lui.

Rimasero in silenzio mentre riempivo i loro boccali dal rubinetto. Non ero certo che volessero davvero da bere o se Rob mi stesse concedendo del tempo per darmi una regolata. O mi stesse facendo sudare freddo perché mi sentivo come un adolescente beccato a rubare l'auto dei suoi genitori per farci un giretto.

Posai una birra prima davanti a Willow e poi a Rob. Lei bevve un sorso della propria e lui ignorò la sua.

«Pare che nessuno sia mai andato a far visita a Marion, oggi.» Era palese che Rob non era interessato ai convenevoli. Era la seconda volta quel giorno che aveva dovuto vedersela con un McIntire.

Il caos che mi circondava sparì. Lo sguardo di Rob mi raggelò. Non era arrabbiato. Non avevo mai visto il nostro alfa *arrabbiarsi*. Ma di certo non era contento, diamine.

«No,» replicai.

«C'è una buona ragione?»

Io poggiai gli avambracci sul bancone e mi sporsi. «Lei è mia.»

Non esisteva che dicessi *compagna predestinata* tra quella folla. Per quanto ci fosse un miscuglio di mutanti e umani, l'equilibrio si manteneva perché gli umani non avevano idea della diversificazione della clientela.

Willow trasalì e sogghignò.

Rob non offrì alcuna emozione. Si limitò a inarcare un sopracciglio scuro in risposta. «Ne sei sicuro?»

Lo fulminai con lo sguardo. «Sul serio?»

Lui fece spallucce. «Sei vecchio. Magari il tuo olfatto non funziona.»

Willow rise di nuovo. «Rob,» lo rimproverò.

Io continuai a fissarlo torvo. Non avrei mancato di rispetto al mio alfa dicendo qualcosa di cui mi sarei pentito, per cui rimasi in silenzio.

«Ora sappiamo perché il bacio di Tyler con lei è stato strano.»

Sfregai lo straccio sul bancone pulito invece di tirargli un pugno sul naso. «Non accennare mai più a Tyler, al bacio e a Riley. Per favore,» aggiunsi a denti stretti, per rispetto.

A quel punto Rob mi rivolse un ghigno, il che era un qualcosa di raro. Fu lui stavolta a sporgersi in avanti.

«Dunque hai intenzione di rivendicarla. Difficile farlo quando non è qui,» si limitò a mormorare, visto che avevo un udito eccezionale.

Incrociai il suo sguardo. «Sta giocando a bowling con delle amiche.»

«Merda.» Sospirò, poi diede un bacio sulla tempia a Willow. «Resta qui un attimo, angelo.»

Lei annuì, e Rob prese uno sgabello su cui farla sedere. Senza dire altro, diede le spalle al bar e si insinuò tra i tavolini.

«Merda,» ripetei io. Feci cenno al mio barista che stavo per allontanarmi, e seguii il mio alfa nel mio ufficio.

Chiusi la porta alle nostre spalle, e il rumore dell'ultima canzone in voga si smorzò. «La rivendicherò, Alfa. Ma ha *diciannove* anni. È ancora vergine,» gli dissi.

Lui si appoggiò alla mia scrivania e incrociò le caviglie. «Non mi sorprende. Immagino che suo padre tenga alla larga i ragazzi puntandogli contro una pistola. Avrai un bel daffare vista la sua età e il vicesceriffo.»

Io gemetti. «Lo so.»

Per i mutanti, perdere la propria verginità significava solo fare sesso per la prima volta. Tutto lì. Non c'erano petali di fiori, tranne se capitava durante una corsa sotto la luna piena in un campo. Non c'erano cene a lume di candela. Non era... *speciale*. Ma sapevo che gli umani lo ritenevano tale. A giudicare da come Riley mi aveva implorato di scoparmela, però nemmeno lei sembrava considerarlo un momento cruciale.

Solo che dubitavo pensasse che sarebbe stato un

quarantenne a farlo. Il mio lupo ringhiò al pensiero di qualcun altro che la privasse della sua verginità. Tipo Matt o Ethan, due *ragazzini* che avrei voluto trascinare tra i boschi per insegnare loro come si trattava una donna. Qualunque donna tranne Riley. Dopodiché avrei tirato fuori dei diagrammi sull'anatomia femminile, così che si facessero furbi.

«Volevo che le venisse cancellata la memoria. Hai disobbedito a un ordine diretto del tuo alfa.» Rob agitò una mano per aria. «Sa di noi e non è rivendicata. *E tu non le stai addosso.*»

La immaginai subito legata al letto e provai a tenere a bada l'eccitazione.

«Mi dispiace, Alfa.» Mi passai una mano sulla nuca. «Sono andato a casa sua e ho usato il tranquillante per animali che mi hai dato. Avevo tutte le intenzioni di portarla da Marion. Di sistemare il problema di Tyler. Poi ho colto il suo odore.» Trassi un respiro profondo al ricordo della prima volta in cui avevo inalato la sua dolcezza. «Non è più un problema di Tyler. È la mia compagna. Non avrei mai potuto cancellarle la memoria. Sai che ciò potrebbe comportare un danno permanente.»

«Non con un ricordo solo. Ora ha anche il ricordo di te che la rapisci. Più va avanti questa storia, più ricordi dovremo cancellarle. E ciò potrebbe causare danni permanenti. Così tanti buchi nella mente di una persona?» Scosse cupo la testa.

Cazzo. Non avrei permesso che accadesse a Riley. Anche se avesse significato oppormi al mio alfa e farmi cacciare dal branco. Sarei morto, piuttosto.

«Non dovrà farseli cancellare,» dissi deciso. «Farò sì che accetti di entrare nel branco. Ci vuole solo del tempo. È un'umana. Devo...» Cazzo. Sarebbe stata dura. «Corteggiarla. Farla innamorare.»

«Giusto, e nel mentre, a quante persone racconterà il nostro segreto? Magari lo sta facendo proprio ora?» Scosse la testa. «Avresti dovuto seguire i miei ordini e cancellarle la memoria. Allora avresti avuto tutto il tempo necessario per capire come far innamorare un'adolescente di te senza mettere a rischio il branco.»

Deglutii. Aveva ragione. Non ero nemmeno riuscito a spiegare a dovere la situazione a Riley. L'avevo solo confusa con degli orgasmi per poi scaricarla a casa sua. Avrebbe potuto aver raccontato tutto alle sue amiche, ormai. Averlo detto a suo padre. A sua nonna. A chiunque.

«Non mi piace questa storia, Cody.»

«Dammi una settimana.» Una settimana per convincere un'adolescente a innamorarsi di me e a trascorrere il resto della sua vita assieme. Era possibile, no?

Rob sogghignò. «Be', in effetti hai una certa reputazione nel far innamorare in fretta le donne.»

Trattenni un ringhio. Al mio lupo non piaceva l'allusione al fatto che Riley fosse come qualunque altra femmina con la quale ero stato.

«Immagino che se esiste qualcuno che sappia come far innamorare in fretta un'umana, quello sia tu.» Si spinse in piedi e mi diede una pacca sulla spalla prima di aprire la porta dell'ufficio. «D'accordo. Hai una settimana, Cody. Ma non di più, perché ogni giorno che passa ha sempre più ricordi dell'esistenza dei mutanti da cancellare. Falla innamorare e accertati che accetti di essere rivendicata, altrimenti la porterò io da Marion e le farò cancellare la memoria.»

CAZZO.

10

RILEY

ALICE E WENDY erano le mie due migliori amiche del liceo, dopo Lila, ovvio. Wendy frequentava il college con me. Stava seguendo le lezioni di avviamento al corso da infermiera in previsione del trasferimento alla scuola statale l'anno successivo, dunque era super impegnata coi laboratori. Alice lavorava nell'ufficio immobiliare della sua famiglia. Aveva ottenuto la sua licenza da agente immobiliare durante l'estate e aveva trascorso tutta la stagione a mostrare terreni a compratori interessati provenienti da altri Stati. Io seguivo le lezioni e lavoravo part time alla scuola materna del paese. Una serata al bowling era stata difficile da organizzare, ma ci eravamo riuscite. Era proprio ciò che serviva a tutte noi in quel momento.

In quanto mie migliori amiche, morivo dalla voglia di raccontare loro cosa fosse successo sia con Tyler che con Cody, ma non potevo. L'avevo promesso.

A metà della prima partita, il fidanzato di Alice, Chris, era arrivato con due suoi amici, Andy e Pete. Per quanto Chris avesse detto che non si sarebbero fermati, non se n'erano ancora andati. Andy non era un problema. Trascorreva tutto il suo tempo al cellulare – un vero idiota – ma Pete non faceva che provarci con me. Un altro vero idiota, ma in maniera diversa.

Wendy aveva trovato divertente l'interesse di Pete nei miei confronti. Io trovavo il suo interesse e lui... infantili. Specie dopo il mio pomeriggio con Cody. Non facevo che paragonarli. In Pete vedevo solo un viso sbarbato, senza nemmeno un accenno di baffi. Il suo alito sapeva della birra che erano riusciti a raccattare da qualche parte. Aveva le mani sudate. Già, sapevo quanto lo fossero perché continuava ad appoggiarne una sul mio avambraccio nudo. Il suo tocco era un preliminare da bambocci.

«Tocca a me.» Feci il giro della panca e presi la mia palla dalla rastrelliera di gioco. Attesi che un uomo impegnato in una gara eseguisse il suo turno nella corsia accanto alla nostra. Avanzai, caricai il tiro e lasciai andare la palla lungo la pista.

Caddero otto birilli e uno barcollò prima di seguire gli altri. Gettai le braccia per aria. Wendy esultò. Alice diede il cinque a Chris.

In attesa che la mia palla tornasse e i birilli si ripristinassero per effettuare il mio secondo tiro, colsi di sfuggita Rob Wolf e una donna che immaginai fosse sua moglie.

Non li avevo mai visti insieme, ma Tyler parlava sempre di lui perché aveva ottenuto un lavoro sul suo ranch e ora ci viveva. Io e lui l'avevamo visto in città una volta e Tyler me l'aveva indicato.

Erano accanto al bancone dove si noleggiavano le scarpe... intenti a guardare me.

Me.

Incrociammo gli sguardi. Be', incrociai quello di Rob Wolf. Willow sorrise e si infilò un popcorn in bocca, recuperato da un sacchetto di carta a righe che non avevo notato teneva in mano. Li vendevano al bancone degli snack insieme alle bibite.

L'eccitazione per lo strike era ormai svanita. Anche Rob era un mutante? Doveva esserlo. Cody non aveva risposto in maniera diretta quando gliel'avevo chiesto, ma il suo cognome era letteralmente *Lupo*. Ovvio che era un mutante! Dunque lo era anche Willow? La donna era molto più solare di suo marito, all'apparenza scontroso. Lei sembrava così... normale.

Era lì per me? No, era una sciocchezza. Era un

paesino. Mi imbattevo in fin troppe persone che non volevo vedere ogni giorno. Fare la spesa si trasformava spesso in un raduno sociale, tanto che avevo cominciato a ordinare online gli assorbenti e la roba da donna per non svelare alcun dettaglio personale ai ficcanaso e agli spioni della comunità. Non era poi *così* male, ma dovevo gestire un padre soffocante *e* una cittadina compatta. Una cosa potevo controllarla, l'altra no.

Pete venne da me e mi abbracciò. Mi sollevò da terra e mi fece roteare. Le mie scarpe toccarono di nuovo il pavimento di legno e indietreggiai. Afferrai la mia palla, che per fortuna era appena comparsa. «Ottimo lavoro, sei una bomba.»

«Amico, lasciala respirare,» esclamò Chris.

Pete fece il dito medio al suo amico, ma tornò al suo posto.

Mi voltai verso Rob: aveva la testa china e stava scrivendo qualcosa al cellulare.

«Va', Riley! Buttali di nuovo giù tutti!» esclamò Alice.

Io sorrisi, girai sui tacchi e trassi un respiro. Concentrata sul tiro successivo e non sui mutanti. Non andò tanto bene perché buttai giù soltanto cinque birilli. Mi voltai di nuovo e Rob e sua moglie erano spariti.

Alice stava giocando il proprio turno quando si presentò Cody. No, fece più che *presentarsi*. Attraversò la porta d'ingresso nemmeno se fosse stato in missione. Si guardò a malapena a destra e a sinistra e si concentrò su di me come se seguisse una specie di segnale che lo conduceva a me.

Quello sguardo.

Mutandine rovinate.

Avanzò a passi decisi. Già, decisi. Ma non puntava più me. Rivolse un'occhiata omicida a Pete. Più nello specifico, al suo braccio, poggiato in modo intenzionale lungo lo schienale della fila di sedie di plastica dietro di me.

Come avevo fatto ad accorgermi del suo arrivo? C'era stato un disturbo della Forza, o i miei capezzoli si erano messi sull'attenti. Diamine, ogni donna in quel posto si era fermata e lo stava fissando, da quanto era figo.

O forse era state tutte con lui e avevano l'acquolina in bocca all'idea di ottenere dell'altro.

Per me era così.

Mi si parò davanti e torreggiò su di me. «Ehi, Riley. Chi è il tuo amico?» mi chiese.

Io deglutii con forza, non per la paura, ma per l'eccitazione.

Era lì per me. ME.

Mi schiarii la gola. «Lui è Pete. È un amico di Chris.» Sollevai la mano e indicai attraverso di lui il punto in cui Chris era seduto al tavolo dove si segnavano i punti.

«Signor McIntire, sta cercando Tyler?» chiese Wendy.

Imprecai tra me e me.

Lo sguardo di Cody incrociò il mio. Lo sostenne.

«Il tuo amico Pete ha intenzione di continuare a vivere?» mi chiese, e io trassi un respiro brusco.

Pete rise. «Cosa?»

Io balzai in piedi. Si stava mettendo *male*. Quello era un nuovo lato di Cody. Un lato *molto* possessivo. Si trattava di gelosia o di pura e semplice rivendicazione territoriale?

A ogni modo, non avevo intenzione di scoprirlo in una sala da bowling affollata. Schizzai su per gli scalini lontano dalle piste, le mie scarpe a noleggio che scivolavano sulla moquette dal disegno in stile Las Vegas. Aggirai un gruppo di bambini con indosso dei cappellini da festa di compleanno e un paio di uomini con delle sacche da bowling e delle camice di squadra coordinate indosso, raggiunsi i bagni e mi ci infilai dentro.

Sapevo che Cody mi stava seguendo. Non perché riuscissi a sentirlo – cosa che non riuscivo a fare al di sopra della musica rock che suonavano nel locale, i suoni dei videogiochi accanto ai bagni e il clangore dei birilli che cadevano – ma perché lo *percepivo*.

Aprii una delle porte dei bagni unisex, e lui fu subito alle mie spalle. Se la richiuse e girò la chiave.

Fece passare una mano dietro il mio collo e mi strattonò la coda con cui avevo legato i capelli, costringendomi a sollevare lo sguardo e a incrociare il suo. I suoi occhi erano di un blu tempestoso. Selvaggi.

Adorai il leggero strattone sul mio scalpo. «Che ci fai qui?» gli chiesi. «Pensavo stessi lavorando.»

«Era così, fino a quando Rob Wolf non mi ha mandato un messaggio dicendomi che la mia compagna era con un altro uomo. No, un *ragazzino*.»

Aveva abbandonato il lavoro ed era corso lì perché Rob mi aveva vista? Il suo bar si trovava a soli pochi isolati lungo la Main Street, ma a ogni modo. «Cody, io...»

«Chi è?»

Mi accigliai. «Pete? È un amico del ragazzo di Alice.»

«Sembra volere essere amico *tuo*.»

Cody si trovava lì perché Rob mi aveva vista con *Pete*.

«Già, be', io non sono interessata,» gli dissi.

«Lui lo sa?» Lui ci fece girare in modo che la mia schiena premesse contro la parete e lui contro di me.

Ogni singolo centimetro *durissimo* di lui.

«Lo sa che questa fica è mia?»

Me la strinse attraverso i vestiti. «Cody,» sussurrai io con un tremito. Porca puttana se era eccitante.

Lui si chinò e fece scorrere il naso lungo un lato del mio collo. «Che sono io a farti venire?»

Piegai la testa per concedergli spazio di manovra. «Pete chi?»

Lui mordicchiò il punto di unione tra collo e spalla. «Esatto.» Il suo fiato mi colpiva la pelle accaldata.

«Se vuoi stare in mezzo ai ragazzini, va bene, ma lo

farai con una fica indolenzita. Le mutandine rovinate. E ubriaca di orgasmi.»

«Hai intenzione di scoparmi adesso? Qui?» Mi guardai attorno nei bagni con la carta da parati decorata con palle da bowling e che sapeva di deodorante alla frutta. L'avrei fatto, considerato quanto ero eccitata.

E trepidante.

La sua mano mi scivolò lungo la coscia nuda e si insinuò sotto la gonna. E poi dentro le mie mutandine.

Io gli afferrai l'avambraccio muscoloso, non per spingerlo via, ma per assicurarmi che non si fermasse.

Lui mi leccò il collo e mormorò: «Non ho intenzione di rivendicare la mia compagna nel bagno di una sala bowling.» Mi infilò un dito dentro, e mi sollevai in punta di piedi. Trasalii per quell'azione improvvisa. Chiusi gli occhi. Anche se Cody mi aveva leccata, quella era la prima volta che un uomo mi scopava con le dita. «Ma di certo posso far sapere a tutti che c'è chi si prende cura di te.»

Roteai i fianchi mentre lui mi scopava con le dita. «Oddio,» esalai. Avevo già usato un vibratore in passato – solo di recente, perché di certo non mi sarei tenuta un sex toy in casa di mio padre – ma quello era molto meglio.

«Starai bella zitta e mi verrai su tutta la mano. Nessuno dovrà sentirti a parte me,» ringhiò lui. «Altrimenti, mi fermerò e ti lascerò al limite per tutta la sera.»

Io mi morsi un labbro e annuii. Volevo venire, di brutto.

Lui insinuò dentro un secondo dito. «Sei strettissima, cazzo.»

Io ero così bagnata che il rumore prodotto dalle sue carezze era imbarazzante. Il suo palmo mi sfregò il clitoride, e me dimenticai. Di quello e di come mi chiamassi.

«Ora tornerai là fuori e Pete saprà che hai già un uomo.»

Cody non fu delicato. Fu quasi brusco nelle sue azioni. Feroce. Come se farmi venire in fretta fosse stato un suo impulso primitivo.

Io ondeggiai i fianchi, cavalcandogli le dita.

«Brava ragazza,» mi elogiò lui mentre venivo. «Sei meravigliosa quando vieni, zuccherino.» Spinse ancora un po' e mi strappò un altro orgasmo. «Esatto, il tuo corpo sa a chi appartiene. Nessun altro può farti venire così. Chi è che sa darti ciò di cui hai bisogno?»

«Tu,» gemetti io, delirante, il fiato corto.

Lui mi leccò il collo e mi tirò su le mutandine. Picchiettò piano il mio sesso.

«*Mia.*»

Poi girò la chiave e se ne andò.

Se non era una rivendicazione quella, non sapevo cosa lo fosse.

11

CODY

Tornai al bar con la rabbia gelosa del mio lupo che mi pompava ancora nelle vene.

Scoparmi Riley con le dita nel bagno di un locale da bowling forse non era ciò che Rob aveva avuto in mente nel darmi il suo ultimatum di una settimana. Il problema era che il mio lupo era troppo *agitato* perché mi fidassi di me stesso in sua presenza quella sera.

Rob mi aveva ordinato di starle addosso e assicurarmi che si innamorasse di me.

Che cazzo ne sapevo io di come far innamorare qualcuno?

Di certo non l'avevo mai fatto prima.

Sì, avevo una reputazione in città come donnaiolo.

Non ci volevano poi tanti racconti in un piccolo paesino prima che tutti pensassero che mi sbattessi una femmina diversa ogni sera. Certo, se facevo sesso, mi assicuravo sempre che la mia compagna se la spassasse alla grande.

Ma che si innamorasse... e fosse la mia compagna predestinata?

Cazzo.

Non era la mia specialità. E che ne sapevo io dell'essere un compagno predestinato?

In quel bagno si era trattato di rivendicarla. Di ricordarle a chi apparteneva. Era stata una mossa da uomo delle caverne? Diamine, sì. L'avrei rifatto? In un batter d'occhio.

Ma non bastava. In effetti, forse era stata la cosa sbagliata da fare. Sarei dovuto andare a casa di Riley quella notte dopo il mio turno e dimostrarle che non si trattava solo di sesso. Che sarei stato un compagno per lei. L'uomo che tornava a casa tutte le sere e si infilava sotto le coperte assieme a lei.

Non fosse che, dopo aver visto quello stronzo col braccio lungo lo schienale della sua sedia quella sera, avevo paura a stare in un letto con lei.

Paura che le avrei strappato i vestiti di dosso coi denti e me la sarei scopata fino a farle urlare il mio nome abbastanza forte da svegliare l'intero vicinato. L'avrei fatto, eccome.

E per quanto fosse un'idea allettante, non pensavo che l'avrebbe aiutata a capire cosa volessi da lei.

Lei voleva che mi prendessi la sua verginità.

Il Destino solo sapeva se non volevo farlo. Il Destino solo sapeva che l'*avrei* fatto.

Ma non volevo pensasse che si sarebbe trattato solo di sesso. Non volevo che pensasse che fossi un donnaiolo. Volevo che capisse che ciò che volevo da lei era un per sempre. Peccato che l'interludio sessuale nel bagno aveva solo dimostrato quanti fossi primitivo. Tutto meno che amorevole.

Così, per quanto detestassi la cosa, avrei fatto meglio a starle alla larga quella sera. Dovevo dirigermi alla mia casetta e lasciar correre il mio lupo. Sfogare un po' di quell'aggressività gelosa così da riuscire di nuovo a pensare con lucidità. Averla fatta venire e che fosse tornata dai suoi amici con le mutandine bagnate e radiosa come una che si era appena fatta scopare con le dita, aveva, per certi versi, soddisfatto il mio lupo. Per il momento.

Tuttavia, dovevo assicurarmi che sapesse che non avevo finito con lei. Rispettavo – a malapena – che avesse degli amici, ma dovevo assicurarmi che sapesse di essere ancora mia. Come se l'orgasmo che le avevo dato nel bagno non bastasse come promemoria.

Tirai fuori il cellulare e le scrissi un messaggio.

Domani sarai tutta per me.

Comparvero i tre puntini che indicavano che stava scrivendo una risposta, ma non lo fece.

Cazzo. Le scrissi di nuovo.

Dimmi che hai capito.

Attesi di nuovo a lungo la sua risposta. Alla fine, giunse un messaggio.

Lavoro all'asilo dalle otto alle cinque.
Dopo?

Dopo. Quell'unica parola fu ciò che impedì al mio lupo di costringermi a tornare al bowling per rapirla. Legarla al mio letto. Tenerla lontana da tutti i Pete del mondo.

Dopo.

Devo venire al bar?

Io sorrisi come un idiota.

Sì. Vieni e mi prenderò cura di te.

Lessi la risposta e poi riordinai le parole.

Mi prenderò cura di te e tu verrai.

Non mi restava che attendere 'indomani.

12

RILEY

Ero il genere di ragazza che moriva dalla voglia di essere adulta sin dall'età di dieci anni. Ero certa che fosse perché mia madre se ne era andata quando ero tanto piccola. Non era l'impulso di crescere e abbandonare la casa che aveva certa gente giovane. Era più cercare di occupare il posto di mamma. Volevo seguire le sue orme – o quanto meno quelle di una *vera* mamma – e creare quel senso di casa che non avevo mai provato. Volevo una famiglia tutta mia, una con una madre – me – e un padre. Bambini. Vacanze. Partite di calcio. Danza. Lezioni di nuoto. Tutto quanto. Volevo esserci per i miei figli quando fossero tornati da scuola. Preparare biscotti per le varie feste.

Sin quando lei era scappata, eravamo stati io e papà. Nessuna prelibatezza fatta in casa. Nessun abbraccio materno. Da adulta, avrei quindi potuto creare ciò che volevo e non starmene in panchina.

La soddisfazione di poter andare in un bar prima di compiere ventun anni andava oltre il desiderio di qualunque ragazzino del college di far festa. Era come se avessi raggiunto un traguardo. Come se avessi raggiunto la meta di entrare nell'età adulta.

Forse anche farmi divorare la fica da un uomo ne faceva parte. Oh... e farmi scopare con le dita in un bagno pubblico. Specie se l'uomo era il proprietario del bar in cui mi stavo recando. Lui voleva *me*.

I suoi messaggi della sera prima erano stati esigenti. Possessivi. Perversi.

Li adoravo tutti, dal primo all'ultimo.

Il tempo al lavoro si protrasse all'infinito, prima che giungesse l'ora. Varcai la soglia del Saloon di Cody con addosso una maglietta corta, una minigonna e degli stivali da cowgirl, quasi fossi la padrona del locale.

E – oddio – se io e Cody ci fossimo davvero messi insieme, per certi versi sarebbe stato così.

Ma stavo correndo troppo.

Lui aveva accennato al fatto che fossi la sua compagna. Che i nostri corpi erano fatti l'uno per l'altro o qualcosa del genere, ma io ero stata troppo inebriata dalla sua vicinanza per porre delle domande. Non solo dalla sua vicinanza. Dalla sua bocca e dalle sue dita. Come aveva detto lui, mi ero ubriacata di orgasmi.

Non avevo quindi idea di cosa intendesse fare con me.

Quello che avevo capito io era che i nostri corpi erano super compatibili, per cui avevo pensato che si fosse trattato solo di sesso. Poi lui si era rifiutato di prendersi la mia verginità.

Il tutto sembrava un sogno annebbiato e non ero certa di non essermi inventata tutto. Quale ragazza si faceva seguire in un bagno da un tipo come Cody che la faceva venire... e nient'altro? Dopo tutto ciò che avevamo fatto fino a quel momento, che non era poi chissà che cosa, ma che era un sacco per me, ancora non avevo visto, toccato, né succhiato il suo cazzo.

Avevo avuto un paio appuntamenti in passato. Matt mi aveva chiesto di uscire. Io avevo detto di sì. Eravamo andati a prenderci un gelato al drive-in stagionale di Sweet Cow. Sapevo che intenzioni aveva. L'avevo capito quando mi aveva baciata e mi aveva detto che non ci sapevo fare e che era finita.

Era stato un brutto colpo, ma netto e chiaro.

Cody?

Che confusione!

Nell'istante in cui varcai la soglia del Cody's e lo scorsi dietro il bancone, i suoi occhi scattarono nei miei.

Solo il suo sguardo la diceva tutta sulle sue vere intenzioni.

Lui era reale. Quella cosa tra di noi era reale. Era chiaro dall'intensità della sua espressione. Dal modo in cui i suoi occhi balenarono di un colore ambrato perfino dall'altra parte del bar, come se avessi colto il suo lupo in agguato sotto tutti quei muscoli solidi.

Anche un'altra mezza dozzina di uomini si girò a guardarmi. Ero certa che avessi l'aspetto di un boccone di carne fresca, vestita con degli abiti da sballo, giovane e non una cliente abituale. Riconobbi alcune facce. Il nostro era un paesino e papà era il vicesceriffo. Ma qui c'erano degli adulti, non dei ragazzini. Era... diverso.

Un uomo mi sorrise nell'avvicinarsi. Mi si parò di fronte. «Ehi, bellezza. Non ti ho mai vista prima.»

Già, nemmeno io l'avevo mai visto. Per quanto non emanasse alcuna aurea da pervertito, mi resi conto che era quello il modo in cui gli adulti ci provavano. Nei bar. Con delle pessime battute.

«No,» risposi con un sorriso falso, nella speranza che sarei riuscita a spingerlo a cercare un po' di divertimento altrove.

Ovviamente, Cody si accorse di cosa stava accadendo. Il suo corpo si irrigidì e lui rivolse un'occhiataccia al tipo. Un attimo dopo, uscì a grandi passi da dietro il bancone e lo spinse via a spallate. Più che altro lo sbatté via con tutto il corpo, perché il tipo indietreggiò di un passo intero, e rovesciò un po' di birra.

Una mano possessiva mi si posò in vita.

«Già occupata,» sbottò Cody in direzione del tipo, lo sguardo su di me. Chinò il mento, e aspettò che l'uomo se ne andasse. «Riley.»

Fu come se lo scontro non fosse mai avvenuto. O mi avesse urinato addosso, per marcare il territorio. Proprio come al bowling, ma molto meno discreto.

Accidenti. Adoravo quella sensazione. Essere rivendicata da un maschio possessivo. Dal proprietario super sexy del bar più popolare di Cooper Valley. Un uomo più anziano.

«Hai un aspetto incredibile.» Si chinò come se avesse avuto intenzione di baciarmi, però si guardò in fretta attorno prima di spingermi – con quella grossa mano posata sul mio fondoschiena – verso uno sgabello del bar. Feci per salirci ma lui mi sollevò dalla vita, come se non pesassi nulla, e mi depositò sulla seduta.

Dunque quei muscoli non erano solo per figura.

«Ti stai mettendo in mostra?» mormorai.

«Decisamente,» ringhiò lui in risposta. «Funziona?» Mi offrì un occhiolino e fece il giro del bancone. Si chinò sugli avambracci proprio di fronte a me.

Il suo sguardo sostenne il mio. Ecco quell'espressione che mi faceva contorcere lo stomaco. Quell'espressione cupa. Quell'intensità. Sembrava in grado di vedere oltre la mia facciata da "sono un'adulta" e di scorgere la ragazzina nervosa. La vergine inesperta. La vera *me*.

«Sono felice che tu sia venuta, zuccherino.»

Arrossii al ricordo dei suoi messaggi perversi della sera prima. Ero *venuta* davvero.

Le guance mi si arroventarono. Non riuscii a fare a meno di sorridere perché lui non aveva inteso quello. Non del tutto. Provai a ragionare. «Hai un bel posticino, qui,» commentai.

Lui sogghignò. Io ebbi un mancamento.

«Dimenticavo che non sei mai stata qui.»

Feci spallucce. «Tutti a Cooper Valley mi conoscono, o almeno sanno che non ho ventun anni. Io e le mie amiche non avremmo mai potuto provare a prenderci qualcosa da bere. Non sarei riuscita a superare la soglia senza che qualcuno lo dicesse a mio padre.»

Dio, sembravo una tredicenne al ballo di fine medie che cercava di fumare una sigaretta di nascosto.

«Scusa, non intendevo accennare a lui,» borbottai.

Lui piegò la testa di lato. «Tuo padre? Perché no?»

«Scommetto che le altre donne con cui sei uscito non dovevano vedersela con un padre opprimente con un porto d'armi.»

«Vero.»

«Cody!» lo chiamò qualcuno dal fondo del bancone.

Cody si tirò su e girò la testa. L'altro barista incrociò il suo sguardo. La fila di gente in attesa di un drink era arrivata a tre clienti. Lui annuì e afferrò un bicchiere; lo caricò di ghiaccio dalla cassetta sotto il bancone e usò il rubinetto per riempirlo di soda.

«Devo andare a versare qualche birra.» Mi posò la bevanda davanti. «Che cosa vuoi mangiare? Un hamburger?»

Io annuii. Sembrava ottimo. Dopo una giornata passata con dei bambini piccoli, volevo qualcosa di più che bastoncini di carote e cracker a forma di pesce. «Con del formaggio?»

Lui annuì. «Patatine?»

«Sì, per favore.»

Picchiettò le nocche sul bancone. «Resta ferma qui, zuccherino.»

Nel corso della mezz'ora successiva, osservai Cody lavorare mentre mangiavo la mia cena. Riempì brocche e versò bicchierini. Racimolò soldi e si fece due chiacchiere. Era un tipo tranquillo e sereno, perfino nel caos del bar. Quando si riempì di clienti, lui rimase calmo, sempre pronto a rivolgere un sorriso o una battuta. Mi lanciò spesso occhiate, come a controllare che fossi ancora lì. Un tipo cominciò ad attaccare bottone con me, ma Cody attraversò la fila di clienti per pararsi di fronte a noi. «Passa oltre, Paul. Lei è impegnata.»

Impegnata.

Quella parola o la voce ringhiosa che intimò a Paul di rivolgermi un cenno col cappello da cowboy per poi scappare via spaventato ebbero un effetto diverso su di me. La sua dominanza mi fece bagnare gli slip e indurire i capezzoli. O il tipo di prima e Paul erano uomini deboli, oppure Cody era solo tanto possessivo o entrambe le cose, ma stavo cominciando a capire quale genere di uomo mi attirasse. Mi eccitasse.

«Ehi, tigre. Ne è passato di tempo.»

Sbattei le palpebre e mi resi conto di non essere l'unica coi capezzoli duri. La donna che si era appena avvicinata decisa al bancone accanto a me indossava una maglietta attillata, stretta abbastanza da non lasciare nulla all'immaginazione. Avrebbe potuto cavare gli occhi a qualcuno con quegli affari turgidi.

Mi resi anche conto che la *tigre* di cui parlava era Cody. La donna appoggiò gli avambracci sul bancone, gesto che mise alla prova l'elasticità della sua maglietta. Non c'erano dubbi sul fatto che sapesse il fatto suo.

Non potei evitare di alzare gli occhi al cielo per riconoscerle i suoi meriti. Se aveva qualcosa da ostentare, avrebbe dovuto farlo. Ma con Cody?

«Ciao, Tessa.» Cody ripulì il bancone e le sistemò davanti un sottobicchiere. «Spritz di vino?»

Lei gli rivolse un sorriso a trentadue denti. «Ti ricordi cosa mi piace. Anch'io ricordo cosa piace a te.»

Forse ero ancora una bambina perché mi venne voglia di vomitare. E di cavarle gli occhi. Era chiaro che erano stati insieme in passato. Lui aveva fatto cose con lei che non aveva fatto con me.

Oh merda.

Posai il mio hamburger sul piatto e mi ripulii la bocca col tovagliolo. L'aveva leccata anche a lei?

Lanciai un'occhiata al suo corpo – magro e snello – e ai pantaloncini di jeans striminziti e attillati che indossava. Aveva un culo sodo da morire. E le sue gambe... lunghe e toniche. Era bellissima, audace ed esperta... e aveva l'età di Cody.

Di sicuro avevano molto in comune.

All'improvviso, mi sentii una bambina nell'armadio della mamma che provava le sue scarpe col tacco alto e il suo trucco. Io non ero audace. Non sarei stata in grado di spostare quella donna con un colpo d'anca e ringhiare *impegnato*. Avrei rischiato che mi cavasse gli occhi con quelle unghie finte che sembravano artigli. Certo, *io* credevo di essere impegnata con Cody, ma lui era impegnato con me?

Cody posò un bicchiere sul bancone, lo riempì per un terzo di vino, ci aggiunse del selz dal rubinetto della soda e lo posò sul sottobicchiere. «Tutto ciò che ti offro è da bere.»

Spostò lo sguardo su di me, il che fece voltare Tessa e guardarmi dall'alto in basso. Io ero una ventina di centimetri più bassa seduta sullo sgabello.

Piegò la testa di lato, i suoi capelli biondi acconciati

in folti riccioli che le scivolavano sulla spalla. Non ero sicura se il fatto che mi avesse rivolto un secondo o due del suo tempo fosse un bene o un male. O mi trovava carente, o mi stava studiando per altri motivi.

Mi mise a disagio.

Era con lei che sarebbe dovuto stare Cody. Perché non l'aveva rivendicata come compagna? Era palese che lei volesse esserlo. Ero così confusa riguardo alla questione dell'accoppiamento perché ero giovane e ingenua? Tessa sapeva di cosa si trattava e lo voleva? Voleva lui?

Così pareva.

«Ne sei sicuro?» chiese con tono mieloso. «Possiamo rivederci di nuovo nel magazzino.»

«A posto così, Tessa.» Cody spostò lo sguardo sulla mia bocca per un attimo. Mi fece l'occhiolino. «Ho ciò che mi serve.»

Tessa si voltò di nuovo verso di me, e mi scrutò con un po' più di attenzione. Assottigliò gli occhi e le sue ciglia finte fremettero. Okay, era il momento di andarsene. Forse ero riuscita a varcare la soglia, ma stavo giocando a fare l'adulta, lì.

«Grazie per l'hamburger, Cody.» Scesi dallo sgabello. «Devo andare. Domani inizio a lavorare presto.»

Tessa annusò l'aria. «Sì, deve essere passato l'orario del coprifuoco per te, non è vero, dolcezza?»

«Tessa,» la avvertì Cody. Sembrava turbato, come se

concordasse sul fatto che fossi troppo giovane. «Ci vediamo dopo, Riley.»

Ecco. *Ci vediamo dopo.* Avevo già sentito quella frase da parte di Matt e Ethan. Sapevo che significava che non ci saremmo rivisti dopo.

Sulla faccia di Tessa si aprì un sorriso. Uno di successo. Di potere.

Aveva vinto, quello era certo. Solo che non sapeva che non c'era mai stata davvero alcuna competizione. Perché non avevo dubbi che lei avrebbe ottenuto ciò che voleva, si sarebbe portata Cody in quel magazzino e avrebbe fatto sì che lui chiamasse lei *compagna*, alla fine.

13

CODY

Tessa Jones aveva cercato di ferire Riley, cazzo.

E aveva anche funzionato. Era quella la parte che mi aveva ucciso. Riley era entrata di slancio nel bar più radiosa del sole e si era afflosciata come un palloncino bucato.

Avrei dovuto fare qualcosa per sistemare il tutto prima che se ne andasse, ma il commento di Tessa era stato uno schiaffo in piena faccia.

Mi aveva fatto rendere conto di quante stronzate ci avrebbero fatto ingoiare gli umani di quella città dopo aver scoperto che io e Riley eravamo una coppia. E quelli che non ci avessero affrontati direttamente, avrebbero sparlato alle nostre spalle. Cosa avrebbero detto?

Che ero un pedofilo? Che Riley aveva un complesso paterno?

A proposito di suo padre, mi sarei fatto venire *io* i complessi con quello di Riley una volta che gli fosse giunta voce della nostra storia. Non avevo paura di quel tipo e avrei affrontato qualunque sua mossa.

Non me fregava un cazzo di cosa dicessero gli umani di me, ma qualunque commento avesse turbato Riley mi avrebbe fatto vedere rosso. Io volevo proteggerla da tutto quello. Da tutto quanto. Ed era già cominciata.

I ritmi della serata rallentarono e io approfittai per uscire, certo che Jimmy, il mio capo barista, avrebbe gestito le cose senza di me. «Chiudi tu stasera,» gli dissi.

«Certo, capo.»

Salii sulla mia Jeep e guidai dritto fin da Riley.

Casa di sua nonna era buia. Era trascorsa un'ora da quando se n'era andata, ma sembrava che fosse già andata a dormire. Era passata la mezzanotte. Io ero abituato a fare tardi la sera, ma non tutti lo erano. Gli asili aprivano presto, il che significava che, visto che Riley avrebbe lavorato l'indomani, si sarebbe dovuta alzare in tempo.

Parcheggiai dietro l'angolo, così che nessuno vedesse la mia Jeep davanti a casa sua, e mi diressi alla sua porta. Avevo memorizzato il codice d'ingresso il giorno prima, per cui lo inserii ed entrai senza fare rumore.

Varcai la soglia e il mio lupo si rilassò. Riempirmi le

narici del suo odore placava l'aggressività che avevo provato sin da quando se n'era andata. Sapere che era lì vicino alleviava l'impulso di toccarla che mi tormentava.

Mi sfilai gli stivali accanto alla porta e lasciai cadere il cappello su una sedia. Salii a piedi scalzi fino in camera sua.

Oh, dannazione. Cazzo, che cosa carina. Con la mia visione da mutante, la vedevo in modo distinto anche al buio.

Riley era angelica nel sonno. Accoccolata su un fianco, con le ciocche ondulate sparse sul cuscino, era troppo bella per disturbarla.

Per un lungo istante, mi limitai a fissarla, rapito.

Poi lei sospirò e la sua fronte si aggrottò.

Mi slacciai in fretta i jeans e li calciai via; mi sfilai la camicia da cowboy coi bottoni a scatto. Sollevai le coperte e mi infilai nel letto accanto a lei con indosso solo i boxer.

Lei trasse un brusco respiro, e si svegliò di scatto. Tirò indietro di colpo il gomito verso il mio viso.

Io lo afferrai per tempo, e ridacchiai. «Ottimi istinti, zuccherino. Una testata ieri, una gomitata oggi. Aggressiva. Mi piace.»

«Cody?» Si alzò a sedere e sbatté le palpebre al buio.

«Sì, sono io, piccola.» La trascinai di nuovo giù e mi chinai attorno a lei, a cucchiaio. «Credevi che ti avrei lasciata dormire da sola dopo che mi hai mollato al bar?»

Lei si accoccolò contro di me, il suo culo morbido che entrava in contatto coi miei testicoli ormai sul punto di esplodere. Si stava dimenando di proposito?

«*Mollato*?» Aveva la voce assonnata. In maniera adorabile.

«Mi ha ucciso quando te ne sei andata. Specie dopo che Tessa è stata tanto maleducata con te, cazzo.» Feci scivolare una mano sulla sua canottiera attillata per stringerla attorno al suo seno. Cazzo, che bella sensazione. Pieno, morbido, delle dimensioni perfette. «Zuccherino, mi spiace per quello che è successo.»

Lei emise un sospiro di piacere e inarcò la schiena, spingendosi contro il mio tocco. «Come sei entrato? Oh, ti sei ricordato il codice.» Si stiracchiò e le sue gambe si allungarono finché i suoi piedi si intrecciarono ai miei. «Perché sei qui?»

Cosa?

«Perché sono qui?» Le stuzzicai il capezzolo col pollice. «Dovevo farmi perdonare, zuccherino, dopo Tessa. E per assicurarmi che sapessi che sono io l'uomo che ti terrà al caldo la notte d'ora in poi.»

Dopo la corsa della sera prima, il mio lupo e io avevamo concordato sul fatto che non dovessimo più allontanarci. Se lei voleva uscire con le sue amiche, io mi sarei trovato nel suo letto subito dopo. Se voleva svignarsela dal bar in anticipo, sarei andato a casa da lei.

«Ah, sì?» La sua voce assunse un tono allettante. Bene. Non era più ferita.

Io premetti il viso contro il suo collo e mordicchiai. «Mmm-mmh.»

«Dunque sei qui per fare sesso?» Non sembrava offesa. Affatto. L'avrei definita interessata.

Il mio cazzo svettò contro i boxer d'accordo con me.

A cuccia, bello. Ero lì per farla innamorare, non per scoparla fino a farle perdere i sensi.

Dannazione! *Non* avrei dovuto pensare a scoparla fino a farle perdere i sensi. Soprattutto con l'influenza della luna quasi piena. Era una maledetta tortura non poterla rivendicare in quel preciso istante.

«Sono venuto qui per passare la notte con te,» dissi. «A farci le coccole.»

«Le coccole? È *quello* che vuoi fare?» chiese lei.

Io sbuffai. «No. Ma non sei ancora in grado di affrontare ciò che voglio fare.» Il mio lupo sbavava di trepidazione all'idea delle cose perverse che avevo in serbo per Riley.

«Sì che lo sono,» ribatté lei.

«Non hai esperienza,» le ricordai. «Devo fartici arrivare per gradi.»

«A cosa, esattamente?» insistette.

«Lo vuoi sapere?»

Lei posò una mano sopra la mia sul suo seno. «Dio, sì.»

«Una volta che mi sarò preso la tua verginità, che avrò modellato quella fica attorno al mio cazzo, me la prenderò in qualunque momento. Ovunque.»

«Mmm,» disse lei, e iniziò a far roteare i fianchi contro di me.

Cazzo, era una pessima idea.

«Che altro?» disse in tono mellifluo.

Merda. Sarei venuto nelle mutande nemmeno fossi io quello inesperto.

«Mi piace brusco,» ammisi. «Ho bisogno che sia... primitivo.»

«Tipo come quando sono scappata?»

Non riuscii a trattenere il ringhio che mi riverberò nel petto al ricordo.

«Così, ma ti bloccherò a terra. Ti metterò in ginocchio e ti scoperò. Ti sculaccerò per essere scappata, per poi farti venire su tutto il mio cazzo.»

«Cody...» piagnucolò.

Io spostai i fianchi per concedermi un po' di spazio. Il suo culo era troppo perfetto, la sua fica troppo calda e umida per resistere.

«Ora basta,» ringhiai. «Presto. Faremo tutto molto presto. Stanotte, ti farò venire perché sei tanto una brava ragazza. Ma devi alzarti presto.»

«Mi farai venire quando ti prenderai la mia verginità?» Rotolò tra le mie braccia e si girò verso di me.

Io gemetti tra me. «Non quello.»

Lei mi spintonò sul petto, che produsse come unico effetto quello di spingere all'indietro il suo corpo, lontano dal mio. Allungai un braccio verso la sua vita e l'attirai di nuovo a me.

«Perché no?» mi chiese.

«Non ancora, zuccherino.» Le accarezzai il fianco e la vita con la mano.

«Mi hai appena detto di volermi scopare da dietro in un campo e adesso non vuoi farlo?»

«Ogni centimetro di me vuole *farlo*,» ribattei. «Non riesci a sentire quanto ce l'ho duro per te? Cazzo, potrei batterci un chiodo, in questo momento.»

«Allora perché?»

«Devo assicurarmi che la pensiamo allo stesso modo, zuccherino.»

Lei non rispose, il che mi turbò. Parecchio.

«D'accordo. Niente sesso,» sbuffò. Esitò per un istante e fu allora che avrei voluto che i mutanti potessero leggere nel pensiero come Marion. «Non so come tu possa controllarti. Non ha senso. È il tuo lupo che fa il puritano?»

Non mi trattenni dal ridacchiare. «Te l'ho divorata mentre eri legata al mio letto e ti ho scopata con le dita in un bagno pubblico. Credi che quella sia roba da puritani?»

Rotolai sulla schiena e me la trascinai addosso per farla salire a cavalcioni su di me. Feci scivolare giù una mano dal suo fianco fino al culo e le strinsi una natica. Soda. Malleabile. *Perfetta.*

Se avesse abbassato lo sguardo avrebbe visto il mio lupo proprio lì in superficie, che ululava dalla voglia di rivendicarla. Tutto quel parlare sporco e il modo in cui aveva reagito lei mi avevano spinto al limite. Perfino le sue parole inesperte riguardo al fatto che il mio lupo fosse un puritano. «Guarda i miei occhi, zuccherino. Ti sembro umano?»

Lei trasalì. Ero certo che il mio lupo fosse visibile, e mi avesse fatto cambiare gli occhi da azzurri ad ambrati, come succedeva se ero arrabbiato o eccitato. E in quel preciso istante, ero più che eccitato. Specie di fronte alle splendide tette della mia compagna che si riversavano in avanti nella sua canottiera sottile. «No,» concordò.

«Sono tutto lupo, piccola. E il mio lupo vuole rivendicarti come sua compagna predestinata. Ciò significa che non ho intenzione di scoparti fino a quando non sarai del tutto d'accordo. E non avrai altre domande. Non significa che non ti farò venire, perché quello è il mio compito, ormai, ma aspetteremo.»

Le afferrai il culo per tenerla ferma. Il Destino solo sapeva se la sensazione di lei che si dimenava sopra il mio cazzo mi stava facendo impazzire. Ce l'avevo così duro che temevo mi sarebbe esploso.

«Che differenza c'è?» La sua voce era roca di desiderio.

Pensava che rivendicarla significasse fare sesso.

Era così, certo. Ma c'era molto di più. «Rivendicarti significa che sei quella giusta per me. Per sempre, zuccherino,» le spiegai. «Io ci sto. So già che sei quella giusta. Ma immagino di dovermi ancora dimostrare degno.»

Lei mi fece scorrere le mani lungo il petto, esplorando i miei muscoli. «Mi stai dicendo che questa cosa è per sempre?»

Era *molto* difficile concentrarmi col suo tocco delicato.

«Sì. Immagino sia molto da assimilare, e io ho reso la cosa abbastanza complicata. Lo ammetto, drogarti, rapirti e legarti non è stato l'approccio migliore.» Sospirai, ringraziando la mia buona stella perché non aveva avuto una crisi. Ma era... intrigata. E mi voleva. Voleva quella cosa. Non mi sarei trovato nel suo letto altrimenti. Ma comprendeva davvero il *per sempre*? Gli umani avevano il matrimonio come giuramento di un per sempre, ma c'era il divorzio. Una via di uscita.

Con i mutanti e una rivendicazione, non si scappava.

«Tu sei mia, zuccherino.» Non riuscivo a smettere di dirlo, sebbene sapessi che non fosse di conforto per la mia compagna irrequieta. «Non avevo mai pensato che avrei trovato la mia compagna predestinata. E adesso... l'impulso biologico è forte. Fidati, sto facendo parecchia fatica a trattenermi dallo scoparti. Ma quella fica è troppo dolce per rinunciare a un altro assaggio.»

Con facilità, le afferrai i fianchi, le strappai quei minuscoli pantaloncini del pigiama e li lanciai via. Nonostante il sussulto per la sorpresa, anche i suoi occhi brillarono di voglia. Le piaceva brusco, il che era un bene perché io mi stavo trattenendo.

Dovevo farlo. Per il momento.

Ma ciò non significava che non potessi sconvolgere il suo mondo. La sollevai da dov'era sdraiata sopra di me per spostarla più in alto, così che fosse a cavalcioni della mia testa. Lei afferrò la testiera con una mano per tenersi in equilibrio, non che sarebbe andata da nessuna parte.

«Cody!» I suoi occhi sorpresi e divertiti si abbassarono su di me. La sua espressione confusa, interessata e divertita mi scombussolò tutto.

«Siediti sulla mia faccia, zuccherino.»

Lei spalancò la bocca nella perfetta forma di O per il mio cazzo. *Merda. Più tardi. Mi avrebbe succhiato il cazzo un'altra volta.*

«Cody.» Esitò e io la tirai giù per leccarla dall'ano fino al clitoride. «CODY!»

Non c'era momento migliore di quello per insegnarle che nessuna parte di lei fosse off limits. Aveva più di un buco vergine e io me li sarei presi tutti.

Cazzo, che buon sapore che aveva. Dolce e speziato,

proprio come la sua personalità. Avrei vissuto tra le sue cosce se avessi potuto.

La leccai dentro, allargando le labbra del suo sesso con la lingua e lei trasalì.

Lei sistemò il proprio peso su di me, e ruotò i fianchi in un modo che la fece gocciolare sulla mia barba. «Dio, sì.»

Spostai la lingua sul suo clitoride e infilai lentamente un dito in quel canale stretto. «Cody...»

Per il Destino, quel piccolo mugolio mi fece quasi venire nelle mutande. Un dito ci stava strettissimo. Mi avrebbe strangolato il cazzo quando fosse stato il momento.

«Esatto, zuccherino,» la esortai, il mio fiato che le colpiva la carne gonfia. «Muovi quei fianchi per me e fammi vedere come ti piace.»

Pompai dentro e fuori e feci girare la lingua attorno al suo clitoride.

Lei si strinse attorno al mio dito, ansimando, le sue cosce che si tendevano e tremavano attorno alle mie spalle.

«Fa' la brava ragazza. Vieni per me, zuccherino.» Strinsi le labbra attorno al suo clitoride e succhiai forte.

Riley urlò, i suoi muscoli che pulsavano attorno a me, le sue cosce strette attorno alla mia testa.

Io smisi di pompare col dito e lasciai che i suoi

fremiti di piacere proseguissero. Lei tremò e vibrò, annaspando e urlando.

Io interruppi la suzione sul suo clitoride e iniziai a leccarlo piano con la lingua.

«Così, Riley. Brava ragazza,» la elogiai. La spinsi indietro per farla sdraiare sul mio petto. «Non mi stancherò mai di quello.»

La avvolsi tra le braccia e le leccai le labbra, gustandomi il suo sapore. «È tardi. Riposati un po'.»

Lei tirò su la testa di scatto. «Cosa? Tutto qui?»

«Dormi, zuccherino. Devi fare lezione domani mattina. Ti terrò sveglia a urlare di nuovo tutta la notte domani.»

Lei si spinse via dal mio petto e si mise a cavalcioni sulle mie ginocchia. Le sue piccole mani corsero all'orlo dei miei boxer e cominciarono a tirarli giù prima che il mio cervello riuscisse a elaborare più del fatto che *stava allungando le mani verso il mio cazzo!*

Posai una mano sulle sue e il suo sguardo si spostò dal mio cazzo e incrociò il mio.

Era sospesa su di me, le labbra imbronciate a pochi centimetri dalla punta, nuda dalla vita in giù, le tette a malapena coperte dalla canottierina sottile. Non avevo mai visto nulla di tanto perfetto in vita mia.

«Insegnami come succhiartelo.»

14

RILEY

Cody rimase in silenzio per qualche secondo, abbastanza da farmi andare nel panico. Aveva così tanta esperienza. Stavo sbagliando? Pensavo che gli uomini adorassero i pompini. Ero...

«Vuoi che mi prenda quella bocca vergine, zuccherino? Che la rivendichi col mio cazzo?»

Io mi leccai le labbra perché *sì, eccome se lo volevo*.

Per quanto sapesse che non avevo mai fatto un pompino, non avevo intenzione di dirgli che era anche la prima volta che vedevo un membro maschile. Li avevo già visti nei porno e in foto, ma mai nella realtà. Soprattutto non su un uomo bello come Cody. Non me n'ero mai immaginato uno così grosso. Non era come il braccio di un neonato né nulla del genere, ma mi fece contrarre comunque la fica perché mi chiesi come ci sarebbe entrato. Lungo e spesso, curvava verso l'alto in direzione del suo ombelico. Delle vene sporgenti pulsavano lungo i lati. E quella punta, con una goccia di fluido che scivolava lungo la pelle tesa? Non ero sicura se sarei riuscita ad avvolgerci la *bocca* attorno.

Tuttavia, morivo dalla voglia di provarci. Non ero più stanca. La mia fica pulsava e fremeva di desiderio, il mio corpo era rilassato e soddisfatto dall'orgasmo indotto da Cody. Ma non bastava.

Volevo soddisfarlo anch'io. Io. Non Tessa, la sirena dalle tette grosse. Io.

Mi leccai le labbra. «Sì.»

Cody si sollevò sui gomiti e scivolò lungo il letto così da appoggiarsi ai cuscini. Sogghignò. «Devo vedere bene la mia ragazza che si prende ogni centimetro di me per la prima volta.»

La sua ragazza.

Mi sciolsi.

«Afferralo,» mi istruì.

Io mi sollevai e ne afferrai la base.

Lui sibilò e i suoi fianchi ebbero un sussulto. Tirai su di scatto lo sguardo per incrociare il suo. «Più forte. Non mi farai male, zuccherino.»

Io lo strinsi.

«Così. Ora lecca via quella goccia. È per te.»

Come un gatto, feci saettare fuori la lingua e leccai via quella goccia perlata. Era salata e... aveva un sapore nuovo.

«Cazzo, zuccherino. Guardati.»

Sorrisi a quell'elogio.

«Ora prendi la punta in bocca. Leccala.»

Obbedii, schiusi le labbra e feci girare la lingua attorno alla punta come se fosse un leccalecca.

Cody ringhiò e io, la bocca piena, sollevai lo sguardo su di lui.

«Così. Occhi quassù. Ora prendine di più. Dentro e fuori, sempre più a fondo.»

Chinai la testa, ne ingoiai un po' di più e mi tirai indietro. Lo feci di nuovo, un po' più a fondo fino a quando non mi colpì la gola e annaspai.

Mi tirai via e mi alzai a sedere, usando il dorso della mano per ripulirmi la bocca.

Lui se lo afferrò e cominciò a menarselo, con gesti pigri per darmi una breve tregua.

«Te la stai cavando alla grande,» mormorò. «Che brava succhiacazzi. Pronta per altro?»

Annuii al suo elogio perverso. Lui lasciò la presa e io tornai alla carica.

Volevo farlo venire. Volevo fargli dimenticare Tessa e tutte le altre donne con cui era stato in passato. Volevo che perdesse la testa per la mia bocca, per il mio corpo. Per me.

Stavolta ne ingoiai più che potei, e respirai dal naso. Mi rilassai, poi ne presi ancora.

«Cazzo.»

Quell'unica parola fu accompagnata dai suoi fianchi che si sollevavano, e in pratica iniziò a scoparmi la gola. Mi scesero delle lacrime lungo le guance, ma non mi fermai.

«Così, cazzo. Sì, brava ragazza. Guarda quelle labbra tese. Così a fondo in quella gola.»

Io ero così eccitata dal fare quella cosa per lui che volevo venire. Mi infilai una mano tra le cosce e mi toccai il clitoride.

«Cazzo, che ragazza avida. Sei così brava che sto per venirti in gola. Manda giù bene, zuccherino.»

I suoi fianchi si impennarono e lui mi riempì la gola con ogni suo grosso centimetro. Caldi schizzi di seme si riversarono nella mia bocca senza soluzione di continuità, come se avesse conservato il tutto per farlo assaggiare a me.

«Riley. Cazzo, zuccherino.»

Io gemetti per un piccolo orgasmo che mi riverberò dentro. Non fu affatto come quelli che mi concedeva Cody, ma quello, assieme al suo gusto salato sulla lingua, mi fece sentire perversa. Sua. E non avevamo ancora nemmeno fatto sesso.

15

RILEY

Mi svegliai da un sonno profondo al suono di voci e all'odore di caffè. Con addosso solo la mia canottiera, mi infilai la vestaglia prima di dirigermi in cucina.

«... farti arrestare.»

Mi fermai appena varcata la soglia del soggiorno nel sentire la voce di mio padre fendere l'aria del mattino come un coltello. Non stava parlando al telefono. Stava parlando con Cody. Che era senza maglia. Un Dio sceso in Terra, letteralmente.

Oh, merda.

Cody mi scorse e girò la testa. Mi fece l'occhiolino. Al che mio padre si voltò nella mia direzione.

«Riley Jane Abbott, che cazzo sta succedendo qui?

Cody McIntire?» La sua voce riecheggiò per tutta la stanza.

«Non parli a sua figlia in quel modo,» sbottò Cody. Oh no... non stava per trasformarsi in un lupo, vero?

«Io parlo a mia figlia come ritengo giusto. Sono io che comando, qui.»

Papà era un uomo formidabile. Alto e con le spalle larghe, si allenava e si teneva in forma. Ma non reggeva affatto il confronto con Cody. Cody era più alto. Più grosso. Più cupo. Più pericoloso, sebbene non fosse lui quello con la pistola di servizio. L'ultima cosa che volevo che facesse era sparare a Cody. A giudicare da come le vene gli si erano gonfiate nel collo, papà era incazzato. *Davvero* incazzato.

«Papà,» piagnucolai.

«Non chiamarmi papà.» Mi puntò un dito contro. «Vado fuori città per due giorni e...»

«Il processo si è concluso?» Provai a indirizzarlo su argomenti più sicuri.

Ricordai di aver addosso solo la mia vestaglia e ne strinsi i lembi per tenerli chiusi. Mio padre mi aveva vista indossarla in passato. Non era nulla di osé, ma ero nuda – o per la maggior parte – al di sotto. E ricordarne il motivo mi faceva sentire molto esposta.

«Che incubo. Il predibattimento è stata una rottura di coglioni. Ha accettato un patteggiamento, per cui quello stronzo starà dietro le sbarre per i prossimi vent'anni. Si spera che ciò porrà fine a tutte le minacce e le chiamate di disturbo da parte di suo...» Si interruppe, e assottigliò lo sguardo. «Bel tentativo di cambiare argomento.» Spostò la sua attenzione su Cody e lo guardò come se fosse stato una cacca di cane che aveva appena calpestato. «Se non fossi tornato adesso, non...»

«Non avrebbe fatto irruzione in casa di sua figlia adulta mentre faceva cose da adulta,» disse Cody.

Se non fossi stata sul punto di dare di matto, avrei ritenuto ironico il fatto che Cody avesse accusato mio padre di aver fatto irruzione in casa.

Papà si girò di scatto verso Cody e gli puntò un dito contro. «Cose da adulta? Tipo scoparsi un quarantenne? Cristo, Cody, siamo andati al liceo insieme. Hai esaurito le donne più grandi con cui fartela in città?»

Cody non sembrò vergognarsi quanto me delle parole taglienti di mio padre.

«Non abbiamo scopato,» ribattei.

Papà si voltò di nuovo verso di me. «Non indossa una maglia. I suoi stivali sono accanto alla porta. Tu sei in vestaglia. Di certo non stavate giocando a gin rummy.»

«Non è ciò che pensi,» esordii.

Papà ridusse gli occhi a due fessure. «*Non* vuoi sapere altro di quello che penso.» Si posò le mani sui fianchi e affrontò Cody. «Sparisci. Se ti rivedo vicino a mia figlia... nello stesso isolato in città, ti faccio sbattere in galera. Dopodiché sguinzaglierò l'ispettore sanitario nel tuo bar. Ed è solo ciò che mi viene in mente al momento. Ti sei fottuto mia figlia, quindi ora sarò io a fottere te.»

«PAPÀ!» esclamai, gli occhi che mi si riempivano di lacrime.

Cody sollevò una mano. L'unica volta in cui si era alterato durante tutta quella discussione era stato quando papà si era rivolto male a me. Mi aveva difesa. «Me ne vado.»

«Bene. Sparisci.»

Non avevo mai visto mio padre così arrabbiato.

Cody mi guardò, mi rivolse un cenno col mento, afferrò i propri stivali e sgattaiolò fuori dalla porta. Niente maglietta, a piedi nudi. Una vera uscita vergognosa.

Per un istante, la casa rimase in silenzio a parte il respiro affannato di mio padre.

«Papà...» esordii.

Lui sollevò una mano. «Non tornerà, Riley.»

«Già, perché hai minacciato la sua vita e il suo lavoro.»

«No, perché ha ottenuto ciò che voleva. Cody McIntire è un maledetto donnaiolo e tu lo sai, considerati tutti i pettegolezzi che girano in città. Gli ho fornito la scusa perfetta. Ora non passerà per dirti che si è divertito e per spezzarti il cuore.»

Qualcosa mi fece sprofondare lo stomaco. Cody era

un donnaiolo. Ne avevo avuto la prova la sera prima al bar. Ma aveva detto che io ero la sua compagna.

Certo, avrebbe potuto essere una cosa che Cody diceva a tutte.

Magari io valevo solo una scopata, come aveva detto mio padre?

Il mio cervello prese a vorticare. Strinsi le dita tremanti a pugno per arginare la sensazione di vuoto e confusione.

«Mettiti qualcosa addosso e va' al lavoro,» sbottò papà.

Senza un'altra parola, se ne andò e, per la primissima volta, senza darmi un bacio paterno sulla testa. In effetti, non mi guardò nemmeno negli occhi.

16

CODY

Era al lavoro. Non potevo fare irruzione in un cazzo di asilo e dirle tutto quello che volevo dirle. La reazione di suo padre nei nostri confronti era stata come me l'ero aspettata: devastante.

Avevo una reputazione in città come puttaniere e Kyle Abbott aveva la reputazione di iperprotettivo nei confronti di sua figlia.

La verità era che io non mi facevo poi *così* tante donne. Flirtavo un sacco perché mi faceva ottenere mance e non faceva del male a nessuno. Ma la gente in città non lo sapeva.

Quando suo padre mi aveva urlato contro, il viso di Riley si era accartocciato per la sofferenza. Avrei voluto stringerla tra le braccia e dirle che sarebbe andato tutto bene. Il mio lupo si era messo a ringhiare dalla voglia di farlo.

Ma se Tessa era stata una stronza con Riley la sera prima senza alcuna conferma del fatto che stessimo insieme, e suo padre si era comportato come aveva fatto, il resto della città avrebbe tirato fuori i popcorn e si sarebbe goduto lo spettacolo una volta che si fosse diffusa la notizia di noi due. Io potevo gestirlo. Non me ne fregava un cazzo. E poi, una volta che l'avessi marchiata, i mutanti in città avrebbero compreso e soste-nuto la nostra unione.

Ma Riley non aveva bisogno che nessuno la guar-dasse, o anche solo pensasse male di lei. La città sarebbe finita col venire decimata da me se qualcuno l'avesse fatto.

Dovevo mandarle un messaggio. Assicurarmi che stesse bene.

> Zuccherino, stai bene? Mi spiace per stamattina. Tuo padre cambierà idea.

Lei non rispose.

Cazzo! Stava lavorando. Magari aveva il telefono spento.

O forse era incazzata perché me n'ero andato. O ferita.

O si vergognava di ciò che aveva fatto con me.

Cazzo, magari, dopo che me n'ero andato, suo padre l'aveva convinta a tenersi alla larga da me. Quello sarebbe stato un gran bel problema per il mio lupo.

Nel mio petto si aggrovigliavano i dubbi.

E se essere la mia compagna fosse stato troppo stressante per Riley? Non volevo che soffrisse per via di ciò che il Destino le aveva scagliato contro. Cazzo, c'era qualcosa di giusto per lei in tutta la situazione?

Di solito dormivo per metà della giornata, ma non quel giorno. Salii sulla mia Jeep e guidai fino al Wolf Ranch. Mi dissi che stavo andando là per fare rapporto a Rob, ma lui mi aveva visto la sera prima e non era cambiato nulla. Per il bene del branco, quantomeno.

Mi aveva concesso una settimana per rivendicarla. Suo padre mi aveva proibito di vederla. Le cose si mettevano sempre peggio di ora in ora.

Un altro potenziale disastro era il fatto che avessi bisogno di raccontare a Tyler cosa stava succedendo. L'ultima notizia che aveva avuto era che avrei sedato la sua ragazza per farle cancellarle la memoria. Tra il pomeriggio precedente e quella mattina, era cambiato tutto.

Non solo tutto il mio futuro, ma anche quello di mio figlio.

Diamine, la sua ragazza sarebbe diventata presto la sua matrigna, se tutto fosse andato secondo i piani. Il problema era che arrivare da lì fino al traguardo sembrava impossibile ormai, cazzo.

Forse aver rovinato le cose col padre di Riley mi faceva venire voglia di assicurarmi di gestire un po' meglio la faccenda con la mia famiglia. E ciò significava Tyler. Non avrei permesso che nulla si frapponesse tra di noi. Le sorprese non erano mai una buona strategia per roba del genere.

Parcheggiai accanto alla baracca in cui si era trasferito Tyler quell'estate e ricontrollai il mio cellulare.

Ancora nessuna risposta da parte di Riley. Le scrissi di nuovo. Dovevo assicurarmi che sapesse che quella mattina me n'ero andato da casa sua per accontentare suo padre, ma che non l'avevo *abbandonata*.

> Sei perfetta. L'unica femmina per me. Mi assicurerò che tu e tuo padre ci crediate.

Attesi qualche minuto e ancora nessuna risposta. Scesi dall'auto e mi misi il cappello in testa. La baracca era vuota, il che aveva senso. Rob non pagava i suoi lavoratori per starsene seduti a giocare a dama con il sole alto nel cielo. Avrei potuto dirigermi a casa di Rob, ma non volevo vedere l'espressione sulla sua faccia dopo avergli riferito le ultime novità.

Invece, mandai un altro messaggio alla mia compagna.

> Spero tu non stia rispondendo perché sei impegnata al lavoro, ma ti farò esplodere il cellulare di messaggi fino a quando non mi scriverai che stai bene.

«Cody?» Boyd Wolf comparve da dietro il fienile. Era un mio vecchio amico dai primi giorni in cui aveva frequentato il circuito. L'ex star del rodeo, non troppo tempo prima, si era accoppiato con una dottoressa umana in città. In effetti, un sacco di maschi del ranch avevano marchiato femmine umane, il che mi rendeva più facile credere che il Destino ne avesse scelta una anche per me.

Con lui c'era Johnny, uno degli aiutanti più giovani del ranch e Clint, che viveva in città con la sua compagna/moglie e la loro neonata, Lily.

Sollevai una mano e sogghignai perché stavano discutendo di quando Lily avrebbe cominciato a uscire con i ragazzi. Visto che aveva solo un anno, la sola idea aveva adombrato Clint. «Ehi, ragazzi.»

Strinsi la mano a Clint e Johnny.

«È bello vederti,» disse Clint. Fece un cenno con la testa. «Lui è Weston Sparks. È venuto qui da un branco nel Colorado per darci una mano. È un maniscalco, ma giuro che sussurra ai cavalli. E anche al bestiame.»

Il nuovo tipo mi offrì un sorriso e una stretta di mano. Aveva i capelli rossi e una barba che faceva a gara con la mia. La sua corporatura robusta era perfetta per gestire i cavalli tutto il giorno. «Mi faccio chiamare Wes. Non ascoltarlo. Ci parlo a voce alta, specie se sono irascibili.»

«Cody McIntire. Piacere di conoscerti.»

«Siamo diretti in città per rifornirci,» dichiarò Clint.

Wes mi rivolse un cenno col cappello da cowboy e seguì Clint e Johnny che si dirigevano su per la collina in direzione della casa principale. Senza dubbio Marina aveva una lunga lista di ingredienti per la preparazione di dolci di cui aveva bisogno per la sua impresa in crescita.

«Ho sentito dire che il Destino ti ha giocato un bel tiro,» disse Boyd una volta che se ne furono andati.

Io mi guardai attorno alla ricerca di Tyler. «Ah, sì? Tyler lo sa?»

Lui scosse la testa. «No. Rob me l'ha detto in confidenza. Non l'hai ancora riferito a Tyler?»

Gemetti e mi tolsi il cappello per passarmi le dita tra i capelli. «No. Ecco perché sono qui. Non volevo che lo venisse a sapere da qualcuno in città. Non sono sicuro di come la prenderà. Per qualche motivo un *Ehi, la tua ragazza diventerà la tua nuova matrigna* non mi pare una notizia tanto piacevole.»

Boyd mi diede una pacca sulla spalla. «Capirà. E, se non lo farà adesso, succederà quando o se sarà fortunato abbastanza da trovare la sua compagna.»

Io gemetti di nuovo. «Non mi stai rassicurando. Se

non troverà la sua compagna fino alla mia età, avrà più di vent'anni per odiarmi.»

Lui si lasciò andare a una risata. Forse pensava che scherzassi. Io ero serio. «Se vuoi farti una cavalcata, so dov'è Tyler questa mattina. Sta controllando le recinzioni.»

«Grazie.» Seguii Boyd dentro il fienile e lui mi porse una sella.

Aprì la porta dello stallo di una cavalla pezzata. «Lei è Bella,» disse. «Puoi cavalcare lei.»

Condussi Bella fuori dal box e la sellai. Non possedevo solo un bar in città, ci sapevo fare anche coi cavalli.

«La vera domanda non è come la prenderà Tyler, ma come stia gestendo Riley la notizia,» commentò lui. «Per un'umana della sua età è molto da assimilare, immagino.» Boyd sellò un sauro e condusse lo stallone fuori dalla baracca.

Io lo seguii con la cavalla. «Non mi dire. E poi bisogna aggiungerci suo padre. Mi ha beccato a casa di sua nonna questa mattina.»

Boyd fece un passo indietro, come a controllare che non avessi dei fori di proiettile. «Be', se non dobbiamo fingere una visita al pronto soccorso, devi aver gestito bene la cosa.» Salì con un piede sul bordo di un abbeveratoio e montò sul suo cavallo.

Io sbuffai e lo seguii a ruota montando Bella. «Affatto. Non ha estratto la pistola, ma ha minacciato di rovinarmi il lavoro. Non che me ne freghi un cazzo. È di Riley che mi preoccupo.»

L'espressione di Boyd si fece compassionevole. «Già. Come l'ha presa lei? Sono piuttosto uniti, non è così?»

«Già, sua madre ha abbandonato lei – e Cooper Valley – quando lei era piccola, per cui sono solo lei e suo padre. Non l'ha presa bene.» Ricontrollai il cellulare. «E non risponde ai miei messaggi.» Di solito non ero il tipo di stronzo che se ne stava al cellulare nel bel mezzo di una conversazione – o in sella a un cavallo – ma non potevo farne a meno. «Aspetta, gliene invio un altro.»

Ignorai la risatina di Boyd e digitai un nuovo messaggio. Forse lui trovava quella situazione divertente, ma io mi ricordavo che aveva dovuto nascondere a Audrey di essere guarito dall'incornata di un toro, dopo che lei l'aveva ricucito, solo per rendersi conto che era la sua compagna.

Tu sei la mia femmina. L'unica per me.

«Diamine, sei proprio cotto, eh?» Boyd spronò il proprio cavallo a muoversi lungo un sentiero ben tracciato lungo la linea del recinto.

«Fottiti. Sai come funziona. Almeno la tua compagna non è cresciuta in questo cazzo di paesino. Io ho tutta la questione della mia reputazione da donnaiolo con cui vedermela. Non solo con Riley, ma con ogni cazzo di cittadino che le consiglierà di stare alla larga da me.»

«Già, quello è un problema. Anche Audrey mi riteneva un donnaiolo con una femmina pronta a ogni tappa del rodeo.» Si passò una mano sul collo. «Diamine, era così prima che conoscessi lei.»

«Peggio della gente di paese c'è tuo fratello. L'ordine di Rob è come avercelo col fiato sul collo. Mi ha dato una settimana. Una *settimana* per convincere un'adolescente a impegnarsi per tutta la vita con un tipo che ha il doppio dei suoi anni, altrimenti le farà cancellare la memoria. Sono fottuto, cazzo.»

Boyd spronò il proprio cavallo al trotto. «Lo percepirà.»

Bella accelerò sua sponte per rimanere accanto al suo cavallo.

Io gli lanciai un'occhiata «Cosa? Il legame?»

«Sì. Non ha un contesto in cui inserirlo come ce l'abbiamo noi, ma lo percepirà.»

«È ciò che ho cercato di mostrarle. Ma credo che puntare sul sesso sia stato un errore, considerata la mia reputazione. E il fatto che sia vergine.»

Lui fischiò. «Hai un bel dilemma ma, ricorda: sono passati solo... quanto? Due giorni? Ho fiducia in te, amico.» Boyd sogghignò. «Tutti sanno che saresti in grado di far sfilare le mutandine a qualunque donna in città col tuo fascino. È la sfida per cui sei nato.»

Io scossi la testa. Le mie abilità avrebbero potuto giocare a mio sfavore, in quel caso.

Svoltammo a una curva lungo il tragitto. Lui tirò le redini del proprio cavallo e indicò. «Ecco Tyler.»

Un cavallo brucava in quella direzione e mio figlio era accucciato accanto a uno steccato. «Grazie, Boyd. Mi ha fatto piacere.»

Lui mi rivolse un cenno col cappello e fece voltare il cavallo nella direzione da cui eravamo venuti. «Nessun problema. Buona fortuna col giovane.» Ridacchiò e aggiunse: «Con entrambi.»

«Stronzo,» borbottai io, senza rancore. Mi fermai un attimo per mandare ancora una volta un messaggio a Riley.

Ti voglio. Sei mia. Io ci sono.

Inviai il messaggio e speronai Bella per farla avanzare. Tyler si alzò e si fece ombra agli occhi con la mano. «Papà?»

«Ehi, figliolo.» Cavalcai fino al recinto e smontai da Bella. Lasciai cadere le redini per farle brucare l'erba fresca e i fiorellini assieme al cavallo di Tyler.

«Che ci fai qui?» Tyler aggrottò la fronte preoccupato. «È andato tutto bene con Riley?»

«Be', sì e no,» dissi. «C'è una cosa che devo dirti.»

17

RILEY

Uscii dalla mia lezione di statistica, l'ultima della giornata. Quella mattina avevo lavorato all'asilo, e trascorso il pomeriggio al campus del college comunitario. Grazie a Dio esistevano i bambini piccoli pestiferi e le equazioni matematiche complesse, una scusa per impedire alla mia mente di continuare a tornare al disastro di quella mattina con papà.

Ero stata in ansia tutto il giorno. Ero consapevole che fosse un tipo irascibile, ma non lo era mai stato con me. Non l'avevo mai visto così arrabbiato né ero stata mai la vittima di quella rabbia. Cosa ne pensava Cody di tutta quella storia? Le minacce di papà sarebbero bastate a tenerlo alla larga?

Parte di me voleva credere a papà. Era vero che Cody era un donnaiolo. Era risaputo che ci provava con tutte e che le donne – vecchie o giovani che fossero – adoravano flirtarci a loro volta. Era bello, affascinante e possedeva un bar. Ciò lo rendeva una rockstar a Cooper Valley.

Ma papà non sapeva che era un mutante lupo. O che i mutanti lupi in teoria avevano una compagna predestinata. E che lui sosteneva fossi la sua.

Lungo il corridoio riaccesi il cellulare e... *oh.* Otto messaggi da parte di Cody!

Li scorsi in fretta e mi vennero le lacrime agli occhi. Erano tutti dolci. Rassicuranti. Non aveva deciso che non ne valevo la pena. Quella cosa era reale.

Gli altri studenti mi passarono accanto, e io rimasi china sul mio cellulare a leggere i suoi messaggi.

«Ehi, zuccherino.» Quella voce roca aveva un ringhio sexy che mi arrivò dritto alla fica.

Girai di scatto la testa. Sorrisi: Cody era appoggiato alla parete di mattoni, le braccia muscolose incrociate su quel petto glorioso. «Cody! Che ci fai qui?»

Il suo sguardo mi scorse addosso, a catalogare ogni singolo centimetro di me. «Non ti ho più sentita. Ero preoccupato.»

Mi incamminai nella sua direzione, pronta a gettarmi addosso a lui, ma mi immobilizzai a un passo di distanza. Mi guardai attorno. Forse non avrei dovuto. Non in pubblico. Dopo la reazione di mio padre? E di quella donna al bar? Sembrava che la nostra differenza di età sarebbe stata un problema per tutti in quella città.

Cody allungò un braccio verso la mia vita, però, e mi attirò contro il suo corpo robusto. Le mie mani si posarono sul suo petto duro. «Ho bisogno di sentire il tuo odore,» mormorò contro i miei capelli. «La luna piena in arrivo mi rende famelico della mia compagna.»

«Oh... okay.» Risi imbarazzata mentre lui inspirava il mio profumo. Amavo il modo in cui mi abbracciava. Un tocco delicato, ma intenso.

«Così va meglio.» Allentò un po' la presa. Mi fece passare una mano dietro la nuca e inclinò il mio viso verso il suo. «Ora un bacio.»

Un bacio. Dio, *sì*. Non c'era nulla al mondo di più bello che baciare quell'uomo.

O meglio, di farsi baciare da lui. Perché fece tutto lui: sfregò la bocca sulla mia, e vi restò lì sospeso per solo un momento, a far montare la trepidazione.

Il pensiero dell'opinione degli altri svanì.

Funzionò... fremevo già dalla voglia di lui.

Mi mordicchiò le labbra, una, due volte, e si insinuò a fondo. La sua lingua mi scivolò in bocca con prepotenza. Le mie dita si arricciarono nella sua camicia e le strinsi attorno al tessuto, premendomi ancora di più contro di lui con tutto il corpo.

Lui interruppe il bacio per pochi istanti e mi reclamò di nuovo. Mi fece piegare la testa e la angolò alla sua, l'altra mano che scivolava giù per stringermi il culo. Io mi lasciai andare contro il suo corpo, non sapevo più dove finisse il mio e iniziasse il suo.

Fu un bacio epico. Non seppi quanto a lungo restammo lì a baciarci, ma bastò a togliermi il fiato e a farmi di strapparmi i vestiti di dosso per lui. Se non si fosse preso la mia verginità presto, avrei preso fuoco.

Lui si ritrasse e si sfregò le labbra con un ghigno soddisfatto. «Cody,» gemetti.

«Sei bagnata,» gongolò.

Arrossii al ricordo che era in grado di sentire l'odore della mia eccitazione. Abbassai lo sguardo sui suoi jeans gonfi. «E tu ce l'hai duro.»

Lui si sistemò l'erezione, con discrezione, visto che ci trovavamo in un luogo pubblico. «È tutta per te, zuccherino.»

Io rimasi immobile per qualche secondo per provare a recuperare un neurone o due così e ricordare dove fossi e cosa stava succedendo. «Ho... ho tenuto il telefono spento, oggi.» Ero ancora senza fiato per via del bacio. «Scusa. Ho appena visto i tuoi messaggi.»

«Allora stai bene?» Chinò la testa e mi guardò negli occhi. Le sue iridi scure erano cariche di preoccupazione.

Il mio cuore perse un battito. Non avevo mai ricevuto così tante attenzioni in vita mia ed era... magnifico. Inebriante. Perfino un po' spaventoso, perché una parte del mio cervello mi avvertiva di non perdere la testa per quell'uomo. Si era già giocato la carta della "compagna" con altre donne? Era un gioco, per lui, come diceva mio padre?

Anche se non aveva senso. O lo avrebbe avuto se Cody non fosse stato un mutante. Non poteva giocarsi la carta della compagna con altre donne umane. E, forse, una mutante lupa l'avrebbe saputo se fosse stata la sua compagna o meno a giudicare dall'odore e ci sarebbe stata alla prima annusata. Giusto?

Dio, dovevo capire meglio tutta quella storia.

Ma in quel preciso istante, lui era ancora in attesa della mia risposta.

«Sto bene, ma perché te ne sei andato questa mattina?»

Lui sospirò. «Perché è tuo padre e si merita il nostro rispetto.»

«Ma...»

Mi posò un dito sulle labbra per zittirmi. I suoi occhi azzurri incrociarono i miei. «So che ha fatto irruzione in casa tua. Per quanto dovrà accettare il fatto che stiamo insieme, non dovremmo sventolarglielo sotto il naso.»

«Sventolarlo? Ha fatto irruzione in casa mia,» ripetei io. «Non è che stessimo pomiciando alla grande al supermercato.» Mi guardai attorno. «O al mio college.»

«Se tuo padre facesse dormire una donna a casa sua,

tu vorresti entrare in casa e trovarla con indosso solo la camicia di tuo padre mentre prepara il caffè?»

Io feci una smorfia di fronte a quell'immagine mentale. «Dio, no.»

«Esatto. Dovresti accettare che sta con quella donna perché è un uomo adulto e vaccinato e può fare quello che vuole, ma certe cose dovrebbe tenersele per sé.»

Io mi mordicchiai un labbro e annuii. «Hai ragione.»

«Me ne sono andato perché aveva bisogno di tempo per calmarsi.»

«Ti ha dato una via d'uscita,» dissi io. «Ti ha mandato al diavolo e avresti potuto andartene senza voltarti indietro.»

Lui ringhiò. «Non esiste, zuccherino. Non esiste proprio, cazzo. Ecco perché sono qui. Lascia che ti porti fuori a cena, così possiamo parlare.»

18

RILEY

Cena? Solo noi due? Di certo non stava parlando di un hamburger in quel posticino sulla Main Street dove si ordinava dall'auto.

«Sì, mi piacerebbe... Oh, aspetta.» Chiusi gli occhi, con il desiderio di non dover rifiutare la sua offerta. «Scusa, non posso. Di nuovo. Ceno con mia nonna alla casa di riposo.»

Lui spalancò gli occhi e ridacchiò. «Tua nonna? Allora vengo con te.»

Io inarcai le sopracciglia. «Cosa?»

«Riley Abbott, andare al bowling con le tue amiche è un conto. Ma tu sei la persona più importante al mondo per me e voglio conoscere la tua famiglia. Le cose non sono andate bene con tuo padre, ma magari posso conquistare tua nonna e averla dalla mia parte.»

Io risi. Mia nonna era una donna impulsiva e un po' spericolata. «Forse potresti,» ammisi. «Dio solo sa se non sai cavartela bene con le donne.»

Il sorriso di Cody si smorzò. «Solo una donna, adesso,» mi assicurò. «Solo tu, zuccherino.»

Il cuore prese a martellarmi nel petto. Volevo credergli. Dio, se volevo farlo. Ma sarebbe stato furbo? Stavo cadendo nella trappola di quel bellissimo donnaiolo solo per rimanerci male alla fine? Dio solo sapeva se una settimana prima non avessi pensato che Cody McIntire fosse del tutto irraggiungibile. Forse mi stavo illudendo riguardo a quella cosa tra noi. E avrei dovuto dire a mio padre che aveva ragione, il che sarebbe stato terribile.

Cavolo! Perché papà aveva dovuto mettermi certi dubbi in testa?

Cody mi fece passare un braccio attorno alla vita, mi guidò fino alla mia auto nel parcheggio attiguo, e aprì la portiera come un gentiluomo. Mi accomodai sul sedile e lui mi allacciò la cintura. «Ti vengo dietro, zuccherino.» Mi diede un bacio sulla testa. «La casa di riposo Olmo Bianco, giusto?»

Era l'unica in città, per cui era facile indovinare. «Sì.»

Lui mi fece l'occhiolino e mi chiuse la portiera. Io rimasi seduta lì per un istante, radiosa. Il mio cervello continuava a cercare di rovinarmi la festa, ma era inutile.

Stare con Cody McIntire, essere al centro della sua attenzione, mi rendeva euforica. Era troppo bello per crederci.

Giusto?

Continuai a rimuginarci lungo il tragitto verso Olmo Bianco. Parcheggiai e rimasi in auto per qualche minuto in attesa di veder comparire la Jeep di Cody. Perché ci stava mettendo tanto?

La voce nella mia testa mi disse di prepararmi. Non sarebbe venuto. Aveva trovato una donna lungo il tragitto, l'aveva fatta salire in auto e aveva lasciato la città come aveva fatto la mamma con quel fotografo naturalista.

«Arriverà,» borbottai decisa. Uscii dall'auto e mi diedi della stupida.

«Ciao, Riley!» Sarah, la receptionist, mi accolse al mio arrivo all'interno della struttura. «Tua nonna è nella sala giochi, a socializzare come al solito.»

Ovvio che lo era.

Trovai la nonna che rideva di gusto e radunava una pila di gettoni di fronte a sé. Di certo aveva vinto una partita. Le sue amiche gettarono le carte sul tavolo davanti a loro frustrate e li mi rivolse un gran sorriso. «Oh, Riley! Tempismo perfetto. Ho appena sbancato.»

«Spero tu non stia giocando a soldi, nonna.» Mi chinai su di lei, le diedi un bacio sulla guancia e salutai gli altri attorno al tavolo. Li conoscevo tutti e loro sapevano tutto di me. La nonna *adorava* condividere racconti che riguardassero la sua unica nipote.

Mi fece l'occhiolino. «Perché, preferiresti che ci giocassimo i vestiti?»

Io risi. Le sue amiche si finsero scioccate, ma sapevo che adoravano il suo spirito libero. La sua amica, Miss Ruby, una volta mi aveva detto che quel posto era un mortorio prima che la nonna vi si trasferisse.

«No, stiamo giocando per la gloria, ed è tutta mia,» dichiarò la nonna. Si alzò dalla sedia. «Ora, andiamo a mangiare. Voi perdenti potete starvene qui perché io ho un appuntamento con la mia adorata nipotina.» Mi prese sottobraccio, si appoggiò a me e ci avviamo a passi lenti verso la sala da pranzo.

«Hai parlato col dottore della sostituzione della tua anca?» le chiesi. Se l'era fatta sostituire quindici anni prima, ma negli ultimi anni le aveva provocato grande dolore. Lei fingeva che non era così, ma il motivo principale per cui si era trasferita all'Olmo Bianco era perché in casa sua c'erano troppi gradini. «Uffa,» sbuffò la nonna. «Non c'è nulla di cui parlare. Lui direbbe che devo farmi mettere un'anca nuova e io non voglio passarci un'altra volta.»

«Ecco le adorabili donne con cui ho un appuntamento questa sera.»

La voce di Cody mi fece vibrare l'intimo. Già. Succedeva ogni volta che parlava. La nonna smise di camminare e sollevò lo sguardo. Spalancò gli occhi dietro gli occhiali. «Cos'è 'sta storia?» Si guardò alle spalle per assicurarsi a chi si stesse riferendo.

Davanti a noi c'era Cody, con in mano due enormi mazzi di fiori. Erano stati *loro* a rallentarlo. *Dei fiori.*

Non avevo mai ricevuto dei fiori prima di allora e l'espressione sulla faccia della nonna mi chiarì che erano una sorpresa gradita a qualunque età.

Dannazione, ci stava *davvero* provando in ogni modo. Faceva sul serio.

Con me.

Mandai a quel paese mio padre tra me e me per avermi fatto dubitare.

«Questi sono per te, zuccherino.» Cody mi presentò un mazzo profumato di grossi gigli bianchi Casablanca e rose bianche. Si chinò per darmi un bacetto sulle labbra di fronte alla nonna e a Sarah, che l'aveva seguito, forse per condurlo alla sala giochi. Entrambe rimasero a bocca aperta. «E questi sono per lei, signora Abbott.» Porse alla nonna un mazzo più piccolo, ma non meno incantevole, di fiori viola.

«Cody McIntire, che succede qui?» chiese la nonna, come se fosse stato un bambino invece di un uomo adulto. «Esci con mia nipote?» Prese i fiori e piegò il collo all'indietro per guardarlo in faccia.

Ora che aveva le mani libere, Cody si tolse il cappello e annuì. «Sissignora.»

La nonna mi rivolse uno sguardo sorpreso. Ero certa di avere le guance rosse come le rose sparse nel suo mazzo. «Da quanto va avanti questa storia?»

Io esitai e Cody parlò per me. «Da abbastanza tempo da rendermi sicuro che lei sia la donna giusta per me.»

La nonna mi spinse i suoi fiori tra le mani, mi lasciò andare il braccio e afferrò quello di Cody. «Be', era ora.» Guardò Sarah, come in cerca della sua approvazione. «Ho la nipote più bella del paese e non aveva ancora avuto un singolo ragazzo.»

Sarah ridacchiò, compiaciuta com'era nonna.

Sollevai gli occhi al soffitto. «Nonna,» gemetti.

Cody cominciò a condurla verso la sala da pranzo. «Questo perché stava aspettando un vero uomo.» Mi fece l'occhiolino da sopra la spalla.

Io sorrisi tra i fiori. Maledetto lui e il suo fascino da cowboy. Avrei perso la testa, che avessi potuto farne a meno o no. «Vado a mettere questi in camera tua, nonna.»

«Sciocchezze.» Agitò una mano per aria. «Portali nella sala da pranzo, così che tutti possano vedere che giovanotto premuroso ti sei trovata.»

Cody ridacchiò. «Apprezzo il fatto che mi ritenga giovane.»

La nonna sbuffò. «Be', potrai anche essere un po' più vecchio di Riley, ma è un bene. Ha sempre voluto crescere in fretta.»

Io sbattei le palpebre.

Wow. Sul serio? Mi si chiuse la gola al pensiero di quanto mi conosceva bene. Dopo la reazione di papà quella mattina, avevo pensato che tutti avrebbero odiato quella relazione... di qualunque natura fosse. Fu un gran sollievo che mia nonna fosse disposta a tenere una mentalità aperta. Nemmeno Sarah sembrava giudicarci più di tanto. Pareva solo entusiasta.

Nah, non solo dalla *mentalità aperta*, ma proprio favorevole. Era dalla parte di Cody sin dalla prima frase. Diamine, sin dai fiori.

Se solo papà fosse stato altrettanto facile da persuadere.

Giungemmo nella sala da pranzo e la nonna scelse un tavolo vicino alla finestra. La casa di riposo di trovava alla periferia sud della città, e il panorama sul retro dell'edificio si apriva su praterie e montagne.

Cody le tenne indietro la sedia e lei prese posto. «Nel frattempo, mio figlio prova a tenerla al riparo.» Sollevò lo sguardo su di lui. «Ecco perché non avevo intenzione di fargli vendere casa mia. Riley aveva bisogno di un po' di indipendenza. Sei già stato a casa mia?»

Cody incurvò le labbra. «Sissignora. È magnifica.»

La nonna rise. Io arrossii e cambiai argomento.

«Tu sta' seduta qui e noi andiamo a fare la coda al buffet,» le dissi. Avevano dei camerieri per chi non riusciva a gestire i propri vassoi, ma preferivo occuparmi di persona della nonna quando ero lì.

«Come avrebbe fatto Riley a divertirsi anche solo un po' con suo padre e quel suo distintivo a intimidire qualunque ragazzo fosse passato a trovarla?» Perché continuava a insistere sulla cosa? Cody sapeva che ero vergine, ma la nonna mi faceva sembrare una suora, segregata dal resto del mondo.

Gemetti e provai a trascinare Cody assieme a me verso la coda per il buffet.

«Be', è pronto a piantarmi una pallottola in corpo, quello è certo,» disse Cody con un ghigno. «Ma lo conquisterò, alla fine.»

«Mio figlio è così. Gli passerà,» concordò la nonna con un cenno di assenso. «Alla fine. Due uomini protettivi che vogliono il meglio per la mia nipotina. Questa vecchia non potrebbe essere più felice.»

«Vuole vendere casa tua per questo,» le dissi io per farle capire quanto era arrabbiato papà.

La nonna rise, per nulla turbata dalla notizia delle scenate di suo figlio. «È casa *mia*. Potrà anche esserci cresciuto, ma non la possiede. Non può venderla più di quanto non possa dirti di andartene da quella casa. Lascia che sfoghi il suo piccolo capriccio...»

«Capriccio?» L'eufemismo del secolo.

«... mentre tu fai le tue cose.» La nonna inarcò un

sopracciglio e adocchiò Cody come se fosse stata lui la *cosa* che mi fossi dovuta fare.

«*Nonna*,» la rimproverai sconvolta. Ero avvampata.

Cody ridacchiò e appoggiò una mano sulla sua spalla. «Voglio che sappia che Riley è più che un po' di divertimento per me. È tutto ciò che io abbia mai desiderato.» Posò il cappello sulla sedia e mi fece l'occhiolino. «Sono felice di farla divertire, ma voglio essere molto di più per lei.»

Io persi il fiato. Doveva essere sincero. Chi avrebbe mentito alla nonna di qualcuno? Non solo l'avrebbe reso uno stronzo, ma lei era in grado di stanare una menzogna meglio di una macchina della verità.

La nonna posò la propria mano sopra la sua e gli diede una piccola pacca.

Cody doveva aver essersi sentito compreso, perché mi sfiorò il fianco e mi guidò in quel suo modo discreto e protettivo verso la coda per il buffet. Io ero ancora accaldata e senza fiato mentre prendevo due vassoi.

Lui si appropriò di quello della nonna, prese un piatto dalla pila e lo sistemò assieme a dei tovaglioli e alle posate.

«Questa cosa è... è reale?» mormorai.

Lui incurvò le labbra divertito. «È *reale*, zuccherino. Sono il tuo uomo, adesso. Mi prenderò cura di te. Ti proteggerò. Ti manterrò. Ti renderò felice. Riesci a gestirlo?»

Di certo aveva capito che ero bagnata e non mi stava nemmeno parlando sporco. No, mi stava parlando *con dolcezza* e stava funzionando. Dio, era *incredibile*.

Perché ero così nervosa? Era ciò che volevo. Un uomo che volesse me e solo me. Che volesse rendermi felice. Per sempre. Certo, se Matt o Ethan – o perfino Tyler prima di scoprire che fosse un mutante – avessero detto una qualunque delle cose che aveva detto Cody, avrei riso. Non ci avrei creduto perché loro non potevano mantenermi. Non potevano proteggermi. Tyler forse sì, col suo lupo, ma bah... pessimo bacio. Tyler non voleva prendersi cura di me. Aveva voluto solo spassarsela.

Perché mi stava bene quando Cody voleva darmi tutto? Perché mi era stato bene scendere a compromessi?

Non avrei dovuto, e Cody non me l'avrebbe permesso.

«Mi stai solo... corteggiando? Convincendo?» sussurrai e proseguii lungo la fila passando dalle insalate ai primi piatti e porgendo il vassoio perché vi riponessero il cibo. Era la serata spaghetti, per cui il mio piatto era stracolmo di pasta e un'inserviente ci aveva appena depositato sopra una grossa polpetta. Cody gli porse il piatto della nonna.

«Be', sto cercando di fare entrambe le cose. Sta funzionando?»

Io emisi una risatina strozzata e impugnai delle pinze per prendere un panino da un cesto. «Sì. Funziona.»

Lui mi diede una leggera spinta col proprio corpo. «Mi stai chiedendo se questa cosa durerà, non è vero?»

Annuii. Sembrava più facile parlargli impegnati a riempirci i piatti.

Il suo cellulare squillò. Lui lo tirò fuori dalla tasca posteriore dei jeans e lesse lo schermo. «Ciao, Jimmy, come va?» chiese. L'atteggiamento dolce che riservava a me svanì. Il suo corpo si tese e lui strinse così forte la mandibola che temetti potesse scheggiarsi un dente. «Dici sul serio?» Si passò una mano sulla nuca e piegò la testa. «Cazzo. È ancora lì? Okay. Sì, arrivo tra pochi minuti.»

Terminò la chiamata e mise via il cellulare.

«Che succede?» chiesi preoccupata.

«Scusa, zuccherino. Devo andare. Era Jimmy al bar. Dice che qualcuno del dipartimento dello sceriffo si è presentato per via di una soffiata anonima sostenendo che servissimo alcolici a dei minorenni. Sta infastidendo i nostri clienti e chiede il documento a *tutti* i presenti.»

«Oh no,» gemetti. Sapevo chi era e perché. «C'è mio padre, non è vero?»

Cody scosse la testa. «Prima sì, ma Levi, lo sceriffo, è arrivato e l'ha mandato a casa.»

Papà se l'era presa perché stavo con Cody, ma rovinargli gli affari? Rovinare la serata di chiunque in quel bar che era andato lì solo per divertirsi un po'... per quello? Stava esagerando.

Sollevai il mento decisa. «Tu occupati del bar,» dissi. «Io mi occupo di mio padre.»

19

CODY

Non avrei nascosto le mie emozioni alla mia compagna, ma non avevo intenzione di dirle che suo padre mi stava facendo incazzare. Comprendevo la sua iperprotettività. Diamine, se avessi avuto una figlia, io... be', non ne avevo idea, cazzo. Sarei stato ridicolo – come lo era lui – quando si trattava della sua sicurezza, ma non l'avrei tenuta lontana dal suo compagno predestinato. Forse perché io ero un cazzo di mutante e lui no.

Il che era il fulcro di tutto quel cazzo di problema. Ogni volta che pensavo di essere un passo più vicino al conquistare il cuore di Riley, succedeva qualcosa. Tipo le stronzate meschine di suo padre. Ed erano passati solo pochi giorni!

Non volevo mettermi tra loro due, ma non avevo intenzione di rinunciare alla mia compagna predestinata, cazzo. Riley era *quasi* pronta a stare con me. Kyle Abbott avrebbe dovuto accettarlo. E piantarla di prendersela con me e con chi mi apparteneva. Non capiva che più se la prendeva con me, più in realtà se la prendeva con la sua stessa figlia?

Stava peggiorando le cose tra di loro, invece di migliorarle.

Dieci minuti dopo la telefonata, varcai la soglia del mio bar. La musica country suonava a tutto volume, c'era un tipo sul toro meccanico e metà dei tavoli erano occupati, sebbene fosse ancora presto. La maggior parte delle sere avevamo un numero decente di clienti per cena e quel giorno non faceva eccezione. Tutto sembrava normale a parte Levi appoggiato al bancone che parlava del più e del meno con Jimmy. Levi era lo sceriffo di Cooper Valley e il capo di Kyle Abbott. In più, era un mutante. Avere uno dei nostri nelle forze dell'ordine tornava spesso comodo. Come in quel momento.

Mi avvicinai e gli strinsi la mano. «Grazie per la telefonata. Perché non vai a fare l'inventario e tengo d'occhio io il bar?» dissi a Jimmy.

Gli occhi del ragazzo si illuminarono, il che significava che era andata piuttosto male visto che nessuno voleva contare le bottiglie di liquore. «Ne sei sicuro? L'agente Abbott era piuttosto nervoso. È un tipo a posto e non l'ho mai visto così prima d'ora. Posso occuparmi io del bar...»

Sollevai una mano. «Sono a posto.»

Lui gettò lo straccio sul bancone e mi fece un cenno di saluto con le dita.

Le labbra incurvate di Levi dimostravano che fosse divertito. Il suo sorriso svanì una volta che Jimmy fu a metà strada verso il retro. «Perché Kyle Abbott ti odia a morte?»

Io ridacchiai e mi passai una mano sulla nuca. «L'hai notato, eh?»

Lui inarcò un sopracciglio.

«Sua figlia è la mia compagna.»

Inarcò anche l'altro sopracciglio.

«Non apprezza il mio interesse nei suoi confronti.»

Lui tamburellò con le dita sul bancone del bar. Levi era uno sceriffo formidabile. Aveva delle spalle imponenti e un petto ampio sotto l'uniforme. Aveva capelli biondo cenere corti, e un po' di barba sulla mandibola. «Non ha l'età di Tyler? Credo che faccia da babysitter per Clint e Becky.»

Feci una smorfia: sembrava mi stesse dando del pedofilo. «Ha diciannove anni.» Come avrei dovuto giustificare la nostra unione a tutto il cazzo di paese?

«Oh, l'idea non gli piace proprio.»

Io sospirai. «Non gli è piaciuto trovarmi a casa di sua

figlia questa mattina a preparare il caffè. Con indosso solo i jeans.»

«Oh, merda. Questo spiega il blitz in questo posto alla ricerca di minorenni.» Rise di gusto. «La parte *predestinata* della compagna ci fa davvero il culo, eh?»

«Tu ti sei accoppiato con un'umana, dovresti capire.» Almeno lo speravo.

La sua compagna era Charlie, una veterinaria che aveva portato un cavallo dal Colorado al Wolf Ranch per farlo accoppiare. Una sola ventata del suo odore e Levi e il suo lupo l'avevano rivendicata. Un morso e il marchio di Levi addosso, e Charlie era diventata sua moglie. La rivendicazione *e* un matrimonio suggellavano l'unione sia per i mutanti che per gli umani.

Kyle non sapeva che ero un mutante, quindi non era quello il suo problema nei miei confronti. Ma non voleva che sposassi Riley.

«Oh, capisco. Ma suo padre è un mio dipendente. Ciò rende questa cosa un mio problema. Non posso licenziarlo per quello che ha fatto perché rientra nei confini della lege. Ma non gli permetterò di usare il proprio lavoro come strumento per rovinarti. Questa gliela farò passare, però, specie dopo il disastro del processo per omicidio che ha appena dovuto subire. Abbiamo ricevuto telefonate con minacce di morte in ufficio ogni giorno nell'ultima settimana. Presumiamo da parte dei famigliari del colpevole.» Poggiò la mano sul calcio della pistola di servizio che teneva al fianco. «Ti sei meritato ciò che ti ha fatto. Avrebbe potuto tirarti un pugno in faccia e finirla lì.»

Quello mi avrebbe irritato, ma nulla più. L'irruzione al bar, invece, mi faceva incazzare. «Già, scusa.»

«Non dovresti scusarti. Capisco. Ma dovrai sistemare le cose. Quando sono arrivato, stava chiedendo i documenti a tutti. Perfino al signor Seymour, e lui deve avere ottantacinque anni.»

Chiusi gli occhi e scossi la testa.

«Ho altri quattro giorni per rivendicarla, altrimenti Rob la porterà a farle cancellare la memoria. Mi stai costringendo a vedermela con un padre iperprotettivo... subito. Ho già abbastanza roba contro.»

«Non sapevo degli ordini dell'alfa, ma ha senso.» Mi diede una pacca sulla spalla, prese il proprio cappello da cowboy dal bancone e se lo mise in testa. «Non vorrei essere te, amico mio. Ma lei ne vale la pena.»

Se ne andò e io mi occupai del bar. Già, Riley *ne valeva* la pena, a prescindere da cosa suo padre o il mio alfa ci avrebbero fatto.

20

RILEY

«Sᴇ *ꜰᴜᴏʀɪ ᴅɪ ᴛᴇꜱᴛᴀ?*» Feci irruzione in casa di mio padre e sbattei la borsa e le chiavi sul tavolino. La sua auto della polizia era fuori nel vialetto, per cui sapevo che era a casa.

Dopo che Cody mi aveva lasciata con la nonna, io ero rimasta per cenare con lei a disquisire di che razza di coglione fosse papà. *Coglione* era stata la sua parola. Dove l'avesse imparata, non ne avevo idea.

«Sei stato al Saloon di Cody, a infastidire i suoi clienti?»

Lui uscì dalla cucina, birra in mano, e incrociò le braccia al petto. «Rientrava nei miei diritti,» disse con tono piatto. «Ho sentito dire che mia figlia diciannovenne frequentava quel posto.»

«A sorseggiare *ginger ale*, papà! E non è questo il punto! Non sono io...»

Una vena gli pulsava sulla tempia. «No, è *esattamente* quello il punto. Hai vent'anni meno di Cody McIntire e non hai la minima idea di cosa stai facendo.» Allungò le braccia lungo i fianchi e avanzò verso di me, il suo viso che si addolciva. «Tesoro, sono sicuro che sia emozionante avere un uomo più grande interessato a te, ma...»

«Ma, niente.» Potevamo giocare in due al gioco di interromperci le frasi. Incrociai le braccia anch'io. «Tu non hai voce in capitolo. Sono una donna adulta. Prendo da sola le mie decisioni.»

Lui scosse la testa. «Non quando ti sto pagando io il college. In più, troverò un affittuario per la casa della nonna. Uno che paghi *davvero* l'affitto.»

Io spalancai la bocca. Odiava *così* tanto l'idea di me e Cody?

«Allora smetterò di andare al college!» gli urlai in faccia di rimando. «E mi trasferirò da Cody.»

Stavo versando benzina sul fuoco. Ma quella situazione andava avanti da troppo tempo. Io ero ancora vergine per diversi motivi. Mio padre aveva tormentato qualunque ragazzo avesse mai provato a uscire con me, e adesso che era impossibilitato a intimidire il mio pretendente col suo distintivo da sceriffo, stava esagerando.

Lui tese una mano per placarmi. «Riley, datti una calmata e basta.»

«Darmi una calmata? *Darmi una calmata?*»

Lui continuò, imperterrito. Io ero come un bollitore sul punto di esplodere. «Tu non conosci Cody come lo conosco io,» disse. «Ti rendi conto che sono andato al *liceo* con quel tipo?»

Tremavo dalla testa ai piedi e odiavo i dubbi che le parole avevano il potere di instillarmi. A ogni modo, sollevai il mento. «E allora?»

«Allora, prima di tutto, quel tipo è un donnaiolo. È stato con più donne di quanti fiori selvatici ci siano nel Montana.»

Il mio sopracciglio iniziò a fremere. Lo ignorai e scrollai le spalle. «Sei già partito alla carica con questa storia stamattina. E quello è stato prima di me,» dissi, sebbene non credessi alle mie parole quanto avrei voluto. Non pensavo che fosse un traditore, ma non eravamo stati... insieme abbastanza a lungo affinché lui passasse oltre. E poi, non aveva nemmeno ottenuto ciò che volevano tutti gli uomini. Del sesso.

Cody, però, aveva sostenuto di fare sul serio con me. Si era presentato dalla nonna. Aveva portato dei fiori. Aveva detto che ero la sua compagna. Per cui io credevo che con me sarebbe stato diverso.

Ma se così non fosse stato? E se...

Scacciai il pensiero. No, non potevo pensarla così.

Non potevo farmi ferire dalle parole di mio padre. Non di nuovo.

Papà mi guardava compassionevole e addolcì la voce. «Ci credi davvero, tesoro? Cosa dovrebbe volere lui da una ragazza della stessa età di suo figlio?»

Non potevo raccontare a mio padre la storia dell'accoppiamento, del fatto che Cody non poteva trattenersi quando si trattava di me. Avevo la netta sensazione che avrebbe risolto un sacco delle sue obiezioni, ma avevo promesso che avrei mantenuto il segreto di Cody e di Tyler.

«A volte, lo si *sa* e basta con una persona,» tentai di spiegare. «Ti sembra giusto. Come se fosse destino.»

Mio padre roteò gli occhi. «Già, anch'io avevo pensato fosse destino con tua madre. Guarda che fine ho fatto.»

Le sue parole mi colpirono come un pugno allo stomaco. Era vero che la mamma se l'era fatta con un sacco di uomini. Era il tipo di donna che bramava attenzioni e doveva cercarle ovunque. Non solo con un tipo, ma con *tutti*. Tipi che l'avevano portata lontano da Cooper Valley.

Papà non voleva che finissi come *lui*. Scaricata.

Mi strinsi le mani alla vita. «Lui non è come la mamma,» dissi, ma la mia voce aveva perso il suo potere.

«Tesoro.» Mio padre si avvicinò e provò a stringermi le spalle.

Io feci un passo di lato, cercando di radunare un po' della mia ira. Si sbagliava riguardo a Cody.

Sapevo che si sbagliava. Non avevo quella cosa dell'accoppiamento dentro di me, ma percepivo un legame con Cody. Qualcosa di speciale.

«Cody non è il genere di uomo che voglio per te, Riley Roo. Non è un tipo da famiglia.»

Io allargai le mani. «Ma papà... Ha un figlio.» Perfino io feci una smorfia nel pensare a quel figlio che aveva la mia stessa età, e non era un bambino dell'asilo in cui lavoravo.

Cavolo. Sarei diventata la matrigna di Tyler se quella cosa avesse funzionato? Che roba strana.

«Ha avuto un figlio vent'anni fa. Pensi che voglia ricominciare daccapo con te? Ti ha detto di volere altri figli?»

Un gran peso mi si posò nello stomaco. Non ci avevo pensato. Merda. Non riuscivo ad immaginare Cody che volesse ricominciare daccapo con un bambino. Si era sbarazzato della culla più o meno nello stesso momento in cui papà si era sbarazzato della mia.

Non volevo ammettere che mio padre potesse avere ragione riguardo a quella parte, ma avrei potuto parlarne con Cody. Desideravo diventare madre. Non che sentissi il mio orologio biologico ticchettare, ma era un progetto per il futuro. In ogni caso, non erano affari di mio padre.

Racimolai tutta la rabbia possibile. «Apprezzo il fatto che tu abbia le tue opinioni, ma la conclusione è che non sei tu a decidere per me.» Mantenni saldo il tono di voce e tagliente lo sguardo. «Lascia in pace Cody e questa storia. Fino a quando non riuscirai ad accettare l'idea di noi due insieme, lascia in pace anche me!»

Presi la borsa e le chiavi e marciai fuori dalla sua porta, sbattendomela con forza alle spalle.

Maledetto mio padre e le sue stronzate iperprotettive!

E maledetto lui per avermi fatto sentire un po' insicura riguardo alla mia storia con Cody. Come osava insinuare dei tarli nella mia mente! Ci stava sabotando senza controllare il documento di nessuno.

Sbattei le palpebre per scacciare le lacrime e mi misi al volante. All'improvviso mi sentii persa; intrappolata tra l'uomo che era stato tutto il mio mondo e quello che mi faceva sentire come se io fossi tutto il *suo*.

Mi asciugai le lacrime con il dorso della mano e composi il numero di Cody.

«Riley?» Sembrava preoccupato, come se già sapesse che stavo male. «Hai parlato con tuo padre?»

«Sì.»

«Come è andata?»

«Non bene.» Tirai su col naso.

«Ci vediamo a casa tua tra dieci minuti.»

«Cosa?»

«Mi hai sentito. Hai bisogno di me. Ci sono.»

21

CODY

RILEY VENNE ad aprire e io la presi tra le braccia, sollevandole i piedi da terra. Feci qualche passo avanti, e mi chiusi la porta alle spalle con un calcio.

«Zuccherino.» Inalai il suo odore. Tranquillizzò me e il mio lupo. «Cazzo, mi sei mancata.»

Lei infilò il volto sotto il mio mento e il suo fiato mi colpì la pelle attraverso la camicia.

«Hai parlato con lui?» le chiesi.

«Urlato,» mi corresse lei. «Abbiamo urlato.»

Non mi piaceva che lei e suo padre fossero ai ferri corti.

«Vuoi parlarmene?»

Lei sospirò. «Voglio te. È tutto ciò che conta.»

Il cazzo premette contro i miei jeans a quelle parole. «Dillo di nuovo.»

Riley piegò la testa all'indietro e incrociò il mio sguardo. Lo sostenne. «Ti voglio, Cody McIntire.»

Cazzo, aspettavo solo che lo dicesse!

Con lei ben stretta a me, individuai il divano e mi ci diressi. Lei mi salì a cavalcioni sulle cosce e i capelli scuri le ricaddero attorno al viso come una tenda. Avevo voglia di toccarla e abbracciarla e di parlare, per cui le posai le mani sui fianchi.

Il mio cazzo avrebbe voluto tralasciare quella parte e saltare subito alla scopata perché quella *sarebbe successo*, ma la nostra relazione era davvero complicata.

I sentimenti che ci legavano però erano semplici.

Ancora non mi aveva detto "scopami" né alcun altro termine che indicasse il sesso. Aveva detto di *volermi*.

Forse suo padre aveva dato uno scossone alla nostra relazione, e l'aveva anche rafforzata.

Ero quello giusto per lei. Era quello che mi stava dicendo.

Finalmente.

Lei si tirò indietro sulle mie gambe per – *cazzo!* – slacciarmi la cintura e arrivare alla mia erezione.

Io sollevai i fianchi e lei spinse giù i jeans e i boxer lungo le mie cosce abbastanza da farla svettare libera.

Poi scivolò giù e si mise in ginocchio tra le mie gambe sul tappeto. La mia piccola seduttrice vergine.

Io le accarezzai la testa con una mano e le afferrai i capelli. Lei sollevò lo sguardo sul mio, confusa da quel leggero strattone.

Cazzo. Averla in ginocchio davanti a me era la cosa più erotica che avessi mai visto.

Quasi.

«Vuoi succhiarmelo, zuccherino?»

Lei annuì, sebbene la mia presa non le concedesse molto spazio.

«Nuda,» dissi io. «Lo farai nuda.»

Il suo sguardo si accese e io la lasciai andare. Lei si alzò e iniziò a spogliarsi. Non fu uno spogliarello sexy. Non ci fu alcuna movenza esperta, solo Riley che condivideva qualcosa di intimo con me.

Io mi afferrai la base dell'erezione e iniziai a masturbarmi, gocce di seme scivolarono lungo la punta. Tette sode, vita sottile, fianchi pieni e quella fica... con le labbra rosa che luccicavano.

Maglia, jeans, reggiseno e mutandine finirono in un mucchietto ai suoi piedi e io arricciai un dito della mano libera. Lei si sistemò di nuovo sul pavimento tra le mie gambe, e il mio lupo ululò.

Intinsi un dito nel mio seme e glielo porsi. «Succhialo.»

Quella piccola bocca calda vi si chiuse attorno, e la sua lingua mi assaggiò.

Cazzo, non sarei durato se avesse continuato così.

Tirai via il pollice e sollevai le braccia per appoggiarle sullo schienale del divano, così che sapesse che ero a sua completa disposizione.

Fu un ottimo piano finché lei non mi prese in bocca il più a fondo possibile. Afferrai i cuscini e mi spinsi verso l'alto, così da finirle dritto in gola.

Lei si tirò indietro e si ripulì la bocca, gli occhi fissi nei miei.

Io ringhiai. *Ringhiai.* «Cazzo, zuccherino. Quella bocca è paradisiaca, ma la prossima volta che verrò lo farò affondato fino alle palle in quella fica vergine.»

La afferrai per il polso, la feci alzare con l'intenzione di trascinarla in camera da letto e privarla con delicatezza della sua verginità.

Lei, però, aveva altro in mente. Mi spinse contro il petto e io le permisi di rimettermi a sedere. Mi aprì di scatto la camicia, i bottoni saltarono via tutti insieme. Io la assecondai e me la sfilai dalle braccia. Prima che potessi fermarla, lei mi afferrò il cazzo, si sollevò sulle ginocchia e...

«*CAZZO!*»

Si era calata su di me e io le ero dentro. Solo di pochi centimetri, ma *mi stava scopando.*

«Zuccherino,» la avvertii. No, ringhiai. «Non era così che doveva andare. Cazzo,» borbottai di nuovo. Mi si imperlò la fronte di sudore nel tentativo di non dimenare i fianchi.

«Vuoi scoparmi a letto, alla missionaria,» esordì lei. «Spargeresti petali di rosa e chissà che altro perché sono vergine.»

Mi aveva capito al volo. «Niente petali di rosa, ma un letto. Alla missionaria, per guardarti prendermi per la prima volta.»

Con le mani sulle mie spalle, lei disse: «Questa potrà anche essere la mia prima volta, ma non voglio niente di tutto quello. Controllo io la mia esperienza. E tu puoi guardarmi mentre ti prendo così.»

Iniziò a muovere i fianchi e mi accolse sempre più a fondo nel suo sesso fradicio, millimetro dopo millimetro. «Ho visto il tuo lato primitivo, Cody. Lo voglio. Voglio quella parte di te.»

«Ti farà male. Ce l'ho grosso e tu sei... cazzo, strettissima.»

Sarei morto per via di quella tortura. Per via della meraviglia più dolce, più stretta e più bagnata che esistesse.

«Vibratore.»

«Cosa?» Riuscivo a malapena a elaborare un pensiero normale in quel momento.

«Mi sono già infilata del silicone dentro. Ma...» Agitò di nuovo i fianchi. «Nulla di grosso quanto te. Non mi farai male, però.»

Io rimasi immobile, la mascella serrata. Sudavo.

Avevo il guinzaglio, ma era sul punto di spezzarsi. Maledetta la luna quasi piena!

«Ne sei sicura, zuccherino? Hai una prima volta sola.»

Lei annuì e per me fu finita. FINITA.

«Ti farà male a prescindere perché mi vuoi selvaggio? L'avrai selvaggio.»

La attirai su di me e mi spinsi verso l'alto. La riempii tutta.

«Cody!» urlò lei. I suoi muscoli interni si contrassero attorno a me e mi accolse dentro di sé.

Fui a casa per la prima volta in vita mia.

22

RILEY

Oh, mio Dio. Cody ce l'aveva grosso. GROSSO.

Ed era dentro di me. Ero piena fino all'orlo, seduta sulle sue cosce.

Era come se si fosse arreso a una battaglia interiore riguardo alla mia verginità e si fosse lasciato andare.

Perché non si limitò a spingere a fondo una volta sola, iniziò a scoparmi. Su. Giù. Mi afferrò il culo e mi sollevò e abbassò sul suo cazzo, i seni che m sobbalzavano. La stanza prese a vorticare e io fui travolta dal caldo. Avevo le vertigini per il desiderio. Per la voglia di soddisfarlo.

Lui si sporse in avanti e mi succhiò un capezzolo; afferrò l'altro nel palmo della mano e lo strinse.

Il sesso orale era stato fantastico. Ma era sembrato che mancasse qualcosa. Come se fossi ancora vuota. Quello era diverso. Più profondo. Pieno.

Ondeggiai sul suo cazzo.

«Prendimi.» Succhiò il rigonfiamento del mio seno. «Che brava ragazza. Goccioli per me.»

Io lasciai cadere la testa all'indietro, sopraffatta. Non avevo idea di cosa fare. Come sentirmi. Come controllare il piacere crescente che mi stava suscitando. Ero vergine, d'altronde.

Non sapevo che potesse essere intenso.

«Cody, sto per...»

Una mano calò sulla mia natica e mi sculacciò. Quel bruciore intenso mi sorprese, poi...

«Oddio.»

Mi strinsi attorno a lui e cavalcai le onde del mio orgasmo.

Onde alte. Uno Tsunami. Fu come cadere da un precipizio. Qualunque cosa fu, mi travolse.

La mia schiena colpì la parete e mi ripresi dalla sorpresa.

Con una mano sotto il mio culo nudo, Cody si spinse verso l'alto dentro di me, in qualche modo più a fondo di prima.

«Prendi la pillola, zuccherino?»

Cosa? Stava parlando? Mi stava facendo una domanda?

«Zuccherino?»

«Cosa?»

«Pillola.»

Voleva sapere se assumevo dei contraccettivi. In quel momento? Ora che era così a fondo dentro di me?

Annuii.

«Bene.»

«Sei pulito?» Mi aggrappai ai pochi neuroni che mi erano rimasti. Per quanto non volessi pensare a mio padre con Cody affondato fino alle palle dentro di me, ricordai il suo promemoria circa la sfilza di donne nel passato del mio amante.

«I mutanti non si prendono roba del genere. Sono pulito.»

Io annuii, ma doveva essersi accorto del mio cambio d'umore. Mi fece sollevare lo sguardo e rallentò il ritmo dei fianchi.

I suoi occhi azzurri, ora tempestosi di desiderio, mi penetrarono come stava facendo il suo corpo. «Ho quarant'anni. Ho avuto molte donne, ma non quante pensa tuo padre. Non posso cambiare il passato, ma devi sapere che tu sei il mio futuro.» Spinse i fianchi per confermarlo. «Questo. Noi. Potrò anche essere il tuo primo uomo, zuccherino, ma sarò anche l'ultimo.»

In un unico movimento fluido, girò di nuovo su se stesso, mi sdraiò di schiena sul divano – come se il mio letto fosse stato troppo lontano – i nostri corpi ancora uniti.

«Oddio,» gemetti. Era così eccitante testare la sua forza. Il suo controllo della situazione. Era incredibile avere un uomo che sapeva come fare a rendere la mia prima volta così perfetta.

Lui si appoggiò le mie caviglie sopra le spalle, e si mise in ginocchio per spingersi dentro di me. Io ero nuda e lui aveva i jeans e i boxer calati quel poco che era bastato a tirarsi fuori il cazzo.

In quella posizione mi riempiva ancora di più. Trasalii.

Lui si ritrasse. «Troppo, zuccherino?»

Io scossi la testa. «No! Lo voglio. Lo voglio tutto, Cody.»

I suoi occhi passarono da azzurri ad ambrati. Quello. Proprio quello era il momento in cui riuscivo a vedere il suo lupo appena al di sotto della superficie. L'animale dentro di lui. E volevo che me lo mostrasse.

«Più forte,» lo implorai.

Era folle, ma il suo cazzo si fece più spesso dentro di me.»

Lui strinse i denti e pompò più forte. «Cazzo, Riley.

Per quanto avessi voluto avere il controllo della mia prima volta, *mi piaceva* trovarmi sotto di lui. Non che quella si avvicinasse affatto a una semplice posizione da missionaria. Ma la vista che avevo di Cody McIntire in quel momento era magnifica. Il suo petto muscoloso con una spruzzata di riccioli... Il modo in cui digrignava i denti e l'espressione sul suo viso, quasi fosse a un soffio dal perdere il controllo. Dio, come sarebbe stato?

Mi spinse le caviglie verso le spalle e pompò in quella posizione; accorciò lo spazio disponibile per muoversi e rese il tutto ancora più intenso.

Urlai. Stavo per venire di nuovo, le cosce che fremevano e il ventre che mi si annodava.

«Cody,» piagnucolai.

«Non ancora.» Spalancai gli occhi a quell'ordine. Stavo facendo qualcosa di sbagliato?

«Aspetterai finché non ti starò scopando per bene, zuccherino. Fino a quando non ti dirò di venire, capito?»

Oh. Wow.

Mi si contrasse la fica e i miei capezzoli – già duri – pizzicarono a quell'ordine autorevole.

Riuscii ad annuire.

«Te lo farò prendere in ogni cazzo di posizione possibile, dolcezza. In ogni stanza di questa casa. Vuoi vedermi primitivo? Ti scoperò fino a renderti difficile camminare. E quando verrai, ti sentiranno a chilometri di distanza.»

Oddio. Roteai gli occhi all'indietro. Stavo già perdendo ogni facoltà mentale.

Era così eccitante.

Cody si tirò fuori.

«No!» urlai.

Provai a concentrarmi su di lui, ma avevo la vista sfocata. Lui mi sollevò dalla vita e mi sistemò in ginocchio, i gomiti appoggiati al bracciolo imbottito del divano. Mi diede un'altra sculacciata. «Così è perfetto, zuccherino. Hai un culo da favola. Specie con l'impronta della mia mano sopra.»

Mi contrassi di nuovo. Mi avrebbe fatta venire già solo parlandomi sporco!

Ma voleva che aspettassi. Avrei potuto farlo? Non ero nemmeno sicura di sapere come controllarlo. Il mio corpo era uno strumento che solo lui era in grado di suonare. Non ero io a dargli alcun ordine in quel momento.

Lui fece scivolare il cazzo contro la mia fessura e mi stuzzicò il clitoride con la punta bagnata.

Io gemetti.

Lui mi accarezzò un altro paio di volte e io inarcai la schiena, divorata dalla voglia che mi prendesse di nuovo.

«Ti prego,» piagnucolai.

«So che cosa vuoi, zuccherino.» Mi diede un'altra sculacciata decisa. «Sto facendo aumentare la trepidazione.»

Dio, l'aveva fatto fin dall'inizio, non era così? Si era rifiutato di darmelo fino a quando non fosse stato l'unica cosa a cui sarei stata capace di pensare. Non avevo idea che avrebbe avuto altro al di là del sesso, ma quella era una connessione, un legame che ormai condividevamo. Ecco perché aveva voluto aspettare fino a quando non fossi arrivata dov'era lui.

Ora capivo.

«Ne ho bisogno,» lo implorai di nuovo.

Lui premette la punta dell'erezione contro la mia apertura, mi stuzzicò per un istante.

«Ti prego,» piagnucolai.

Cody mi afferrò i fianchi e si spinse a fondo.

Il senso di soddisfazione fu ineguagliabile. Meglio che tuffarsi in una pozza di acqua fresca in una calda giornata d'estate. Fu paradisiaco.

Era quello che mi era mancato per tutta la mia vita. Quella sensazione. Quel potere nel mio corpo: la bellezza della mia stessa sessualità condivisa con un altro.

Non una persona qualunque, ma *il mio compagno*.

Oh, wow. Quelle parole trovarono posto come un pezzo di puzzle nel mio essere. Come una verità ineluttabile.

Sembrava *davvero* la mia anima gemella, il mio vero partner, sebbene io non fossi un lupo e non sapessi nemmeno cosa volesse dire del tutto.

Afferrai il bracciolo del divano e ci appoggiai il petto per prepararmi ad accoglierlo. Lui non si trattenne, o quantomeno non mi sembrò che lo stesse facendo. Aveva il fiato corto. La sua presa sui miei fianchi avrebbe lasciato dei lividi. Si spingeva in me come se ne andasse della sua vita.

Io gemetti, il mio canale che si bagnava sempre di più, il corpo che accoglieva ogni spinta di Cody.

Ma poi lui si tirò di nuovo fuori.

«No,» piagnucolai.

«Vieni qui, piccola Riley.» Cody mi avvolse un braccio attorno alla vita e mi sollevò all'indietro contro la sua schiena. Scalciò via i pantaloni e si diresse al tavolo della cucina. Mi ci fece sdraiare sopra, e mi sollevò i fianchi verso il suo viso per divorarmela.

Porca puttana. Aveva intenzione di usare *tutte* le posizioni quella primissima volta?

Allargai le ginocchia. Cercai di dirgli che volevo il suo cazzo, ma non proferii parola. Ero già oltre la capacità di parlare. Troppo in preda alla passione. Potevo solo godermi la sua magia. La sua bellissima lingua che si insinuava tra le mie labbra e passava attorno al mio clitoride. Succhiò forte e io gli strinsi i capelli nel pugno con forza.

Lui emise un ringhio e, quando sollevò la testa, le sue labbra e la sua barba erano ricoperti della mia essenza e i suoi occhi erano ambra pura. Volevo vedere il suo lupo.

Cosa aveva detto il primo giorno nella casetta? Che se fossi scappata, il suo lupo avrebbe voluto inseguirmi? Peccato che non c'era posto dove scappare, lì. Avrei dovuto farmi riportare alla casetta.

«Più di te,» riuscii a dire. «Voglio...»

In un unico movimento fluido, Cody mi tirò su, le mie gambe che gli cingevano la vita. Mi baciò con forza, la sua lingua che si insinuava nella mia bocca, il sapore della mia essenza sulle sue labbra. Ci scontrammo contro il muro del corridoio.

Una delle foto incorniciate della nonna che ritraeva mio padre da bambino si schiantò a terra.

Cody continuò a baciarmi contro la parete, e si spostò per stringermi il culo nel palmo della mano e calare i miei fianchi per venire incontro ai suoi. Mi penetrò, e fece tremare il muro. Un'altra cornice cadde e si ruppe.

Io risi contro la sua bocca.

Lui gemette nella mia. «Zuccherino... non sto...» La sua voce era più lupo che umano, un ringhio che mi arrivò dritto alla fica. «È difficilissimo trattenermi, cazzo.»

Si stava ancora trattenendo?

«Allora non farlo,» dissi io. Ma quando lui sollevò la testa, i suoi canini sembravano più lunghi.

Non avevo paura. Non con il mio corpo unito al suo. Non quando le ondate di piacere e la voglia crescente mi travolgevano. Ero affascinata.

Era quello il Cody primitivo?

Lo *adoravo*, cazzo!

Lui mi tirò via dal muro e ci trascinammo lungo il

corridoio; ci scontrammo con l'altra parete e sostammo lì per un altro bacio e un'altra spinta verso l'alto.

Poi, in qualche modo, raggiungemmo la camera da letto.

Cody mi fece sdraiare di schiena, ma mi girò i fianchi di lato e mi tirò su una coscia per prendermi da dietro.

Un'altra posizione di piacere. Quell'uomo sapeva proprio il fatto suo.

Io ero persa in lui. Persa nel sesso. Persa nella sensazione di essere soddisfatta, controllata e amata da Cody.

Sì, amata. Era quello che sembrava, in ogni caso. Lui non l'aveva detto, ma era lì, nella stanza assieme a noi. C'era il sesso selvaggio, ma era contenuto in un profondo affetto. In un legame. In una vera unione.

Cody era l'uomo giusto per me.

Quei dubbi che mio padre mi aveva messo in testa non avevano senso di esistere. Sapevo che lui era quello giusto.

«*Adesso*, Riley.» La voce di Cody fu il ringhio di un lupo. I suoi occhi brillavano. Le sue zanne balenarono.

Sì, *zanne*.

Mi aggrappai al suo braccio muscoloso, le mie unghie che gli segnavano la pelle.

«Vienimi su tutto il cazzo, zuccherino.»

Oddio! Il mio corpo obbedì al suo ordine prima ancora che me ne rendessi conto. I miei muscoli interni si contrassero attorno al suo cazzo. Fui percorsa da spasmi di piacere che si propagavano dalla mia intimità verso l'esterno.

Urlai. O quantomeno mi uscirono delle lunghe sillabe soddisfatte di bocca.

Cody gridò. «Sì, Riley... *Sì!*».

«Sì, Cody,» cantilenai di rimando. Il suo corpo ricoprì il mio, il suo fiato corto caldo contro il mio collo, i suoi baci che mi piovevano infiniti su viso e spalle.

Il suo cuore batteva con forza contro il mio seno e io capii che era per merito mio.

Avevo tirato fuori il suo animale... e lui aveva scatenato il mio lato selvaggio.

23

CODY

«Cazzo. Ti ho quasi marchiata, zuccherino.» Ero sdraiato sopra di lei, attento a sostenere il mio peso sugli avambracci. Mordicchiai il punto in cui volevano affondare i miei denti, lì dove collo e spalla si univano. La leccai e la baciai lì. Avevo ancora indosso i miei abiti, mi alzai e me li sfilai. La fissai meravigliato.

Per il Destino! Era fantastica.

Tutti i problemi che sembrati scoraggianti all'inizio, la nostra differenza di età, suo padre, l'accordo di una settimana che avevo stretto con Rob, svanirono. C'eravamo solo noi due in quel momento. Nient'altro a parte quel legame contava. Eravamo insieme. E sembrava potessimo affrontare il mondo intero.

«Che cosa vuoi dire?» mi chiese lei.

Eh? Oh, giusto. Non le avevo ancora parlato di *quella* cosa.

Tornai sul letto, ci feci rotolare su un fianco e mi puntellai su un gomito. Una ciocca di capelli le ricadde sul viso e io gliela scostai. Era così bella. Il mio lupo era felice di toccarla pelle a pelle, nudi.

«Quando un lupo trova la sua compagna predestinata, le infonde il proprio odore così che gli altri mutanti capiscano che è stata rivendicata.»

Riley mi fece scorrere le dita tra i peli del petto. Mi venne la pelle d'oca. «Ah, sì? Come?»

Io le baciai la spalla. «Un morso. Un marchio.»

Mi preparai a una reazione spaventata, che non avvenne.

Gli occhi di Riley, invece, brillarono d'interesse. «Mi ero accorta che i tuoi denti erano diventati più lunghi! Era perché volevi marchiarmi?»

Io sorrisi e le accarezzai un fianco con la mano. «Il mio lupo *muore* dalla voglia di marchiarti. Non riesce a capire perché ci stia mettendo tanto.»

«Fa' pure,» mi offrì lei.

Il cuore mi balzò in gola. «Cosa?»

«Marchiami.»

«Senti, Riley. Non sono certo di aver chiarito del tutto la cosa. I lupi si accoppiano per la vita. Una volta che ti avrò marchiata, non ti lascerò andare mai più.»

Lei sbatté le palpebre. «Okay.» La sua voce era morbida e dolce.

Non potei fare a meno di chiedermi se l'avessi scopata troppo forte, al punto di farle perdere qualche rotella. «Okay? Sei pronta a una cosa del genere? A impegnarti del tutto con me?»

Lei annuì.

Per qualche motivo, mi bruciarono gli occhi. La sua fiducia mi uccideva.

«È... cazzo, è incredibile, zuccherino.» Le feci scorrere la punta di un dito lungo il collo. «Di solito i lupi mordono qui, ma visto che sei umana, e ti rimarrà la cicatrice, sceglierò un altro posto.»

L'odore dell'eccitazione fresca di Riley sbocciò, come se l'idea che io la marchiassi la eccitasse.

Grazie al cielo. Era fantastica. E io non vedevo l'ora di marchiarla. Ma volevo anche essere certo che a lei stesse bene. Il sesso era una cosa, ma quello? Davvero non si tornava indietro.

Se fossi stato umano e un gentiluomo, avrei ottenuto prima la benedizione di suo padre. Non avrei mai voluto che Riley dovesse scegliere tra noi due. Ma visto che lui era uno stronzo, e che non sapeva dei mutanti, non aveva voce in capitolo.

Feci scorrere la punta del dito lungo la sua natica. «Potrei morderti qui. Hai il culo più perfetto, sculacciabile e scopabile che abbia mai visto.»

«Davvero?» Anche se rideva era arrossita.

Che dolce, cazzo.

«Ti va bene che ti marchi il culo? Che ti morda le natiche?»

«Fallo,» mi spronò lei.

Io scossi la testa. «Non ancora. Questa è una prima volta diversa, zuccherino. È come le promesse nuziali per gli umani. Voglio prima sistemare le cose con tuo padre, così che non mi spari.»

Lei si acciglò. «Non lo farà.»

Dopo quanto successo quel giorno, non ne ero poi così sicuro.

«La buona notizia è che i mutanti possono resistere a una sparatoria. I fori di proiettile guariscono nel giro di pochi minuti.» Le feci l'occhiolino.

«Ah, sì?» Si alzò a sedere, interessata. «Che altro devo sapere sui mutanti? Oddio, Tyler. Lui sa di noi?»

Annuii. «Sì, gli ho parlato. Dapprima l'ha trovato strano, e forse lo farà per un po', ma gli sta bene.»

«Non riesco a immaginare come...» disse lei.

«È un mutante. Sa dei compagni predestinati. Sa cosa significa il fatto che io abbia trovato in te la mia.»

«Davvero?»

«Davvero.»

«Dunque non sparerà a *me* per averti portato via?»

Il suo sarcasmo mi strappò una risata. E mi alleggerì

il cuore e l'umore. Ora che era disposta a stare davvero con me, potevo raccontarle qualunque cosa. Tutto.

Era bellissimo, cazzo.

«Siamo animali da branco. E avevi ragione riguardo al Wolf Ranch. Rob Wolf è il nostro alfa.»

«Wow.» Aggrottò la fronte. «Cody?»

«Sì?»

«Posso vedere il tuo lupo?»

«Ma certo, zuccherino.» Chiusi gli occhi e mutai senza sforzo, occupando il suo letto con l'enorme corpo del mio lupo marrone e nero.

Lei trasalì ma mi accarezzò il pelo. Io le sfregai il muso contro la mano e le appoggiai la testa in grembo. Lei mi toccò le orecchie e mi riempì di parole dolci.

Il mio lupo adorava mettersi in mostra, come se esibirle la sua forma l'avrebbe resa parte del branco.

Mutai di nuovo. «Domani, zuccherino. Ti presenterò parte del branco.»

24

CODY

Feci scivolare un piatto stracolmo di nachos davanti a Riley. «Zuccherino, mi spiace, c'è il pienone oggi. Vorrei darti tutta la mia attenzione e...»

Riley interruppe le mie scuse con un cenno della mano e almeno cinque clienti cercarono di attirare la mia attenzione. «Non preoccuparti per me. Mi piace guardarti lavorare.»

Uno stronzo si sfregò su di lei, agitando una banconota da venti dollari nella mia direzione, e io dovetti trattenermi dallo snudare i denti.

Stavo perdendo il controllo del mio lupo, che moriva dalla voglia di marchiarla. Poiché io e Riley avevamo orari diversi – lei lavorava e andava a scuola durante il giorno e io lavoravo di notte – non è che avessimo un sacco di tempo per farlo. E io volevo prendermela comoda con lei. Marchiare la propria compagna era un lusso che capitava una volta nella vita.

Avevo pianificato di prendermi la serata libera per prepararle delle bistecche quella sera – una cena romantica a lume di candela a casa mia – ma due delle cameriere che servivano i cocktail si erano date malate, lasciando Jimmy da solo. Il che significava un altro appuntamento con me da un lato del bancone e Riley dall'altro. Peggio, eravamo al completo. Assieme ai miei clienti abituali si era aggiunto un gruppo chiassoso di venticinque ragazzi in gita a pesca, e non avevo avuto l'occasione di portare via il piatto della cena di Riley.

Sollevai lo sguardo e la intercettai che lo portava in cucina da sola.

Era un gesto semplice, ma premuroso e mi colpì dritto al petto. Si era già adattata alla mia vita. Non mi ero reso conto di avere un buco enorme in attesa di essere riempito fino a quando non avevo colto il suo odore.

Tyler si era trasferito al Wolf Ranch appena dopo essersi diplomato al liceo. Non avevo una sindrome da nido vuoto perché quello era il suo posto e lo vedevo tutti i giorni. Fino a Riley, ero stato felice... con *nulla*.

I miei giorni e le mie notti erano trascorse in un *nulla* di interessante. Gestivo quel saloon da quando avevo messo incinta la madre di Tyler. Avevamo provato a convivere per qualche mese, ma ci eravamo presto resi conto di non voler rimanere bloccati in una relazione che non fosse stata predestinata. Anne aveva sempre sognato di trovare il proprio compagno e, quando era andata ai Giochi del Branco a Denver, come previsto, l'aveva trovato.

Io avevo riempito le mie giornate dedicandomi a crescere Tyler e al lavoro. Ora, avevo scoperto che c'era molto altro che avevo lasciato inesplorato. E volevo cominciare a farlo subito. Quella sera. Con Riley.

Se solo quel posto si fosse svuotato, così da gettarmela in spalla e andare a casa.

«Cody! Quaggiù.» Qualcuno mi fece cenno con la mano.

Non sopportavo che le persone mi richiamassero. Come se non stessi già preparando drink il più in fretta possibile. Come se avessi scelto di ignorarli invece di avere le mani piene.

Tuttavia, mantenni il mio solito atteggiamento, sollevai la testa in direzione di quell'uomo e tesi una mano verso un bicchiere da cocktail. Dannazione, ero arrivato all'ultima fila.

«Ehi, Jimmy. Ho bisogno che tu vada a prendermi dei bicchieri e faccia partire un giro di lavastoviglie,» dissi.

«Subito.» Jimmy si allungò sul bancone per recuperare i bicchieri vuoti che i clienti vi avevano lasciato e il suo gomito ne colpì uno mezzo pieno, facendolo rotolare verso di sé. Urtò il bordo del bancone e si infranse, i pezzi finirono nel peggior posto possibile: la ciotola del ghiaccio.

«Porca pu...» Lasciò l'imprecazione a metà e scosse la testa esasperato. «Scusa, Cody. Mi è scivolato.»

Io gemetti. «Non ci credo.» Ora non avremmo potuto servire altre bevande con ghiaccio fino a quando tutta la macchinetta del ghiaccio e la ciotola non fossero state svuotate e ripulite. Scossi la testa. «Lo sai cosa succede adesso. Svuotala. Assicurati di aver tirato fuori ogni singola scheggia.»

Non ce l'avevo con Jimmy. Era stato un incidente, ma cavolo. Avrei voluto ululare e correre e... scoparmi la mia compagna per alleviare la frustrazione.

Si mise subito all'opera. «Ci penso io.»

Cazzo. Quello fece sì che rimanessi l'unico in grado di gestire il bar, con solo pochi bicchieri puliti rimasti in cui servire i clienti. Tenni la testa bassa e miscelai un drink dietro l'altro man mano che la fila attorno al bancone si infoltiva.

Lanciai un'occhiata al posto su cui sedeva Riley per scusarmi di nuovo.

Cazzo! Se n'era andata.

Maledizione. Se n'era andata senza salutare?

«Chiedo scusa, ragazzi.» Sentii il suono della sua dolce voce sebbene non riuscissi a individuarla tra tutte quelle persone. Un vassoio di cocktail fluttuava tra la folla, pieno di bicchieri sporchi.

Riley si infilò dietro il bancone e mi rivolse un gran sorriso. Iniziò a caricare i bicchieri nella lavastoviglie.

Be', dannazione. Ci voleva un sacco di premura e di sicurezza per fare una cosa del genere. Che tesoro.

«Ehi, Cody! Cody!»

Mi fermai, ignorando tutti i clienti che chiamavano il mio nome e mi agitavano contro delle banconote, e mi avvicinai a lei da dietro. Le avvolsi le braccia in vita e affondai il viso nel suo collo per inalare il suo profumo. «È tanto dolce da parte tua darmi una mano, zuccherino.» Le baciai la pelle. «Mi assicurerò di ringraziarti più tardi.»

Lei si girò, e mi rivolse quel suo sorriso con la fossetta. «Se credi che me ne starò seduta a far niente mentre tu ti fai in quattro qua dietro, sei pazzo. Siamo una coppia, giusto?»

Il mio cuore si fermò. Fece marcia indietro. Riprese a battere all'impazzata. «Dillo di nuovo.»

Il suo sorriso si ampliò. Con lei sempre ben stretta tra le braccia, infilai il ripiano ormai carico nella lavastoviglie e la feci partire.

«Siamo una coppia.» Si girò.

Wow. Era vero? Avevo conquistato il suo cuore? La sua lealtà? Era davvero pronta a farsi marchiare per sempre da me come mia?

Nah, forse stavo correndo troppo.

«Cody!»

Riley si sollevò in punta di piedi e mi diede un bacio sulle labbra. «Farai meglio a darti da fare. Io vado a recuperare qualche altro bicchiere. E mi dimostrerai il tuo ringraziamento più tardi.»

Mi fece l'occhiolino.

La attirai contro di me, una mano sul suo culo e l'altra dietro la nuca. «Dio, come ti amo.»

Riley si immobilizzò. «Cosa?»

«Cody! Piantala di fare il pedofilo e preparaci qualcosa da bere!»

Per un istante, mi immobilizzai. Ero andato troppo di corsa? Avevo presunto troppo? Ma 'fanculo... Non avevo tempo da perdere. La mia femmina aveva bisogno di sapere cosa provavo per lei.

Riley mi scrutò in viso.

«Ti amo, Riley Abbott. Non è solo il fatto che il mio lupo ti desideri. È perché la natura non commette errori. Sei la femmina perfetta per me.»

«McIntire! Piantala di sbatterti le dipendenti, maledetto puttaniere!»

Mi assicurai che Riley non fosse infastidita da quelle

battutine, ma la sua espressione era dolce, i suoi grossi occhi da cerbiatta spalancati.

«Anch'io ti amo, Cody McIntire.»

Ridacchiai come il gran cretino che ero.

Lei mi diede un altro rapido bacio sulle labbra. «Ora torna a preparare da bere. Io starò qui tutta la notte.»

25

RILEY

Adoravo guardare Cody lavorare. Be', a parte tutte le donne che ci provavano con lui. Lui flirtava a sua volta, ma sapevo che era solo il suo modo di fare, un ruolo che recitava per far sentire la gente la benvenuta nel suo saloon.

Non potevo biasimare le donne perché lui era virile e affascinante, ma avrei voluto cavare loro gli occhi con un nuovo senso di possessività.

Quella sera non mi disturbò più di tanto. Specie non dopo che mi aveva detto di amarmi. Lavorai per un'ora, sgomberai i tavoli e lavai bicchieri fino a quando la folla non diminuì. Il grosso gruppo proveniente da fuori città se ne andò e la mole di lavoro diminuì.

La band che avrebbe dovuto esibirsi entrò e cominciò a prepararsi durante la pausa tra l'happy hour e chi veniva per ballare a tarda sera, ma nel frattempo la musica country risuonava ancora dagli altoparlanti.

Mi accasciai sul mio sgabello e Cody mi versò un'acqua gasata con lime, facendola somigliare a un cocktail con la cannuccia sottile e tutto il resto, nonostante fosse priva di alcol, nel caso in cui qualcuno del dipartimento dello sceriffo fosse tornato a chiedere altri documenti. Ovvero papà, ma immaginai che avrebbe messo in atto piani più meschini.

Fu durante quella pausa che entrarono Boyd Wolf e sua moglie. Non li conoscevo di persona, ma Boyd era stato una famosa stella del rodeo prima di abbandonare il circuito, e piuttosto famigerato a Cooper Valley. Aveva mollato e si era accasato con la dottoressa Ames, la ginecologa del posto. Era tutto ciò che sapevo sul loro conto. Era. Al passato. Quella settimana, tuttavia, ero ormai a conoscenza del segreto di Boyd Wolf.

Lo scrutai, alla ricerca di qualunque indizio che fosse un lupo. C'era il suo fisico. Avevano tutti quello in comune: Cody, Tyler, Boyd e suo fratello, Rob Wolf. Grossi uomini di bell'aspetto con muscoli perfetti e ben segnati. Crescendo in quella cittadina, avevo presunto che metà degli uomini della contea avessero un aspetto atletico perché erano cowboy. I loro corpi erano stati forgiati dal duro lavoro manuale. Ora, sapevo che era perché alcuni di loro erano anche stati graziati dai geni del lupo.

Cody gli fece cenno con una mano e sollevò un dito, visto che stava parlando con un cliente all'estremità del bar.

Boyd lo salutò a sua volta, ma sorrise a me, come se mi avesse riconosciuta, e mi rivolse un cenno col cappello. Condusse sua moglie al bancone e presero posto sugli sgabelli vuoti accanto a me.

«Ma ciao.» Boyd allungò una mano. «Boyd Wolf.»

Anche la dottoressa mi porse la mano. «Io sono Audrey.»

Ce le stringemmo. «Riley Abbott.»

«Giusto, la figlia del vicesceriffo Abbott,» disse Boyd con una risatina.

«Sì,» concordai. «E la ragazza di Cody.» *Ragazza*. Ecco, l'avevo detto, e fu fantastico. No, più che fantastico. Ero fiera di essere la compagna di Cody e volevo mostrare ad altri mutanti di essere una di loro, ormai. O, più o meno una di loro.

«Boyd, vieni qui e risolvi una questione circa le fibbie dei rodei tra questi due ignoranti.» Cody indicò due uomini che stavano discutendo tra loro.

Boyd ridacchiò e si spostò lungo il bancone per fare da mediatore mentre Cody preparava da bere.

Audrey si rivolse a me. «Sono così felice che le cose stiano funzionando tra te e Cody. È un tipo fantastico.»

Mi chiesi se sapesse ciò che sapevo io. «Già, è da sposare.»

«Senti.» Audrey si sporse un po' e posò una mano sulla mia. Mi guardò dritta negli occhi. Fu come se fosse stata sul punto di dirmi che dovevo farmi rimuovere l'appendice o qualcosa del genere. «So quanto può essere sconvolgente scoprire che il tuo nuovo ragazzo fa parte anche di una specie diversa.» Aveva abbassato la voce fino a ridurla a malapena a un sussurro.

«Lo *sai*.» Sgranai gli occhi.

Lei rise. «Ne ho sposato uno, per cui è piuttosto difficile non notare quando tuo marito – compagno – non solo ringhia per natura, ma sa trasformarsi in un lupo,» mormorò.

Io mi mordicchiai un labbro, indecisa se porle la domanda che mi frullava in testa. «Allora... ehm, non sei un lupo anche tu?» Abbassai la voce. La band stava cominciando a suonare, forti note di chitarra fendevano l'aria e rendevano difficile a chiunque origliare. Tuttavia...

Lei scosse la testa. «No. Ero la dottoressa di turno al rodeo quando Boyd si è fatto incornare da un toro. Immagina lo shock che ho provato quando la sua ferita si è rimarginata sotto i miei occhi!»

Trasalii. «Wow.»

Cody aveva detto che sarebbe guarito se gli avessero

sparato, ma farsi incornare? Feci una smorfia al solo pensiero di quella terribile ferita.

Il mio cervello cominciò a correre di qua e di là. Faceva parte del protocollo del branco accoppiarsi con chiunque lo scoprisse? Magari la storia dell'accoppiamento con Cody non era tanto biologia quanto un obbligo. Quella solita scintilla di dubbio prese fuoco come un fiammifero. Un attimo. No. Dovevo smetterla di dubitare delle intenzioni di Cody. Di preoccuparmi di essere troppo giovane per lui. O che i donnaioli non mettessero mai su famiglia. O di aspettarmi che se ne andasse. Quella era la cosa peggiore e biasimavo mio padre per i dubbi che aveva insinuato nella mia testa.

«Comunque, voglio tu sappia che io sono qui per parlarne. Per spiegarti come mantenere un segreto alla tua famiglia. Come gestire l'integrazione in un nuovo mondo. Sono qui per ogni evenienza.»

«Grazie.» Sorrisi a quella donna più grande di me, sebbene avesse ancora qualche anno in meno di Cody. «Lo apprezzo davvero. In effetti, ho un milione di domande.»

Audrey tirò fuori un biglietto da visita dalla propria borsa e me lo porse. «Ecco.» Ci scrisse il suo numero di cellulare sul retro. «Chiamami in qualunque momento. Anche mia sorella è accoppiata con uno dei fratelli Wolf ed è più vicina alla tua età. Magari noi tre potremmo uscire insieme una volta.»

Davvero? Due donne che sapevano dei mutanti? E pure gentili? «Mi piacerebbe un sacco.»

La folla attorno al bancone si era diradata e io e Audrey ci avvicinammo al punto in cui Cody e Boyd stavano chiacchierando. Un altro uomo si era unito alla loro conversazione e gesticolava e parlava ad alta voce. Era palese che si fosse già scolato qualche birra.

«Come posso competere tra le donne con Cody, però?» La voce dell'uomo tuonava come se la sua "vocina interiore" da bambino si fosse spezzata. «Ogni femmina qua dentro o se l'è fatta con lui, o vuole farsela con lui.»

Un po' di quel calore che mi si era sciolto nel cuore cominciò a solidificarsi di nuovo.

«Be', sei fortunato.» Cody fu cordiale, sapeva gestire bene gli ubriachi. «Non sono più sulla piazza, ormai. Le signore sono tutte tue, Hank.»

Il tipo che aveva chiamato Hank sollevò il bicchiere in segno di brindisi. «Mostrami le tue mosse, oh potente. Hai sparso il tuo seme ovunque, signor Donnaiolo.»

Cody colse il mio sguardo e mi lanciò un'occhiata di scuse. «No. Niente spargimento di seme. Non hai capito nulla di me, bello.»

Hank si ripulì la bocca con il dorso della mano. «Ceeeeeerto,» disse. «Hai imparato la lezione con le cattive con Tyler, non è vero? Te lo sei coperto bene, da allora.»

Coperto... oh.

«Una volta mi è bastata,» concordò Cody. «Ho chiuso.»

Ha chiuso.

Mi si contorse lo stomaco. Cody non aveva pronunciato quelle parole col tono pacato che si usava con gli ubriachi per metterli a tacere. Le aveva dette sul serio. Come se non ci fosse stato alcun dubbio nella sua mente. Come se *avesse chiuso* con l'avere dei figli.

Oddio.

Papà vi aveva accennato durante il nostro litigio, ma aveva snocciolato così tanti modi in cui Cody non andava bene per me che ci ero passata sopra. Mi ero concentrata sul fatto che Cody mi volesse o meno. Quando aveva detto per sempre, avevo presunto che significasse... tutto. Ma lui non aveva inteso *tutto* se non voleva altri figli.

Dio, ne aveva già cresciuto uno.

Se immaginavo di avere dei figli, non era per fare la matrigna al mio stesso amico del liceo. Sembrava la trama di un brutto film.

Volevo una casa piena di rumori e risate e uno stuolo di bambini. Bambini, non un diciannovenne.

Adesso la patina della nostra relazione si era macchiata. Dio, era perché avevo così poca esperienza! Perché non avevo riflettuto bene? Perché avevo pensato che il fatto che Cody dicesse tutte le cose giuste significasse che tutto sarebbe andato bene?

Perché avevo diciannove anni e non ero mai stata con un

tipo prima d'ora. Nemmeno con uno con cui fare una prima prova come Matt o Ethan. Mi ero buttata di testa, vero?

La band attaccò con una canzone. «Ehi, Hank... Perché non vai a vedere se a una di queste donne va di ballare?» suggerì Cody.

Hank scivolò giù dal proprio sgabello e si scolò la birra. Barcollò un po', ma avrebbe ballato da mezzo ubriaco, in ogni caso. «Okay, penso che lo farò.»

«Te la caverai alla grande, amico.» Boyd gli diede una pacca sulla schiena e lo mandò via con un sorrisone. Audrey sgattaiolò al suo fianco e lui le avvolse un braccio muscoloso attorno alla vita. «Riley, sembri una vera dolcezza. Sono felice che le cose funzioneranno tra voi due,» disse Boyd, come se avessero dubitato della cosa.

Cody aveva lo sguardo fisso su di me. Mi fece l'occhiolino.

I campanelli d'allarme avevano preso a suonare a tutto spiano alle parole di Boyd, ma non ero certa del perché. Deglutii. «Cosa intendi con *funzionare*?»

Boyd non notò il mio disagio, era ancora su di giri dopo aver avuto a che vedere con i clienti ubriachi. Rise. «Rob ha detto che se c'era qualcuno in grado di far innamorare una donna di sé nel giro di una settimana, quello era Cody!»

Io barcollai all'indietro, in preda alle vertigini.

Di che stava parlando?

«Una settimana?» gracchiai. Faceva troppo caldo lì

dentro. Cercai lo sguardo di Cody. «Cosa significa, una settimana?»

Boyd si rese conto del proprio errore e il suo sorriso svanì. Audrey aggrottò la fronte preoccupata.

Cody lanciò un'occhiata a entrambi, il che fu decisivo per me. *Sapevano tutti qualcosa che io non sapevo.* «No... non è niente, zuccherino,» disse lui in una maniera che mi fece credere l'esatto opposto.

Il mio stomaco, già in subbuglio, si contorse. Mi salirono le lacrime agli occhi. Ricordai cosa aveva detto Audrey: Boyd si era accoppiato con lei dopo che lei aveva scoperto il suo segreto.

Oddio! Era solo di quello che si trattava? Rob gli aveva detto di farmi innamorare, così che non avrei raccontato a nessuno ciò che avevo visto durante l'escursione? Forse non aveva pensato che Tyler avesse avuto le abilità necessarie per far innamorare una donna, per cui il compito era ricaduto su Cody.

Un seduttore più esperto di donne. *Un donnaiolo.*

Mi sentii male.

«Cos'era la settimana?» pretesi di sapere. «Una settimana per rivendicarmi?» Maledetto il tremolio nella mia voce!

Sia Boyd che Cody lanciarono occhiate in giro, come preoccupati che qualcuno mi avesse sentita dire "rivendicarmi".

«No.» Cody scosse la testa. «Non era quello. Senti, zuccherino. Andiamo a parlarne in privato.»

Voleva solo farmi uscire di lì prima che rivelassi il loro prezioso segreto.

Feci un passo indietro. «No! Non voglio andarmene da nessuna parte con te. Se hai qualcosa da dirmi, me la dici qui, davanti a tutti.»

«Okay, ascolta.» Cody si avvicinò al bancone e chinò la testa per mormorare. «È come ti ho detto prima. Rob voleva che ti cancellassi la memoria. Ecco perché ti ho portata via da casa di tua nonna. Ho stretto un patto con lui, gli ho chiesto una settimana.»

«Un patto,» sussurrai, a corto di fiato.

Barcollai più lontano, per distanziarmi dalla sua attrazione. Dal suo influsso magnetico. Sembrava pensare che la sua spiegazione migliorasse le cose, ma non era così.

Una settimana. Era un gioco. *Un patto.*

Ero stata manipolata. Ingannata. Mi sentivo così *dozzinale* in quel momento.

Mio padre aveva ragione. Cody era proprio come mia mamma. Uno che ci provava con tutte. Ma era molto peggio. Non aveva voluto solo prendersi la mia verginità o spassarsela un po'. Stava sfruttando la mia attrazione nei suoi confronti per comprare il mio silenzio.

Era da malati.

Mi sentivo male.

«Dunque cosa? Avete tutti scommesso sul fatto che il puttaniere Cody fosse in grado di sbattersi una vergine o qualcosa del genere?» Le lacrime cominciarono a riversarsi fuori.

Boyd sembrava incazzato. Audrey era abbastanza preoccupata da posarmi una mano sul braccio.

«Cosa?» Cody aggrottò la fronte di colpo. «No. Assolutamente no.» Fece il giro del bancone, come se avesse voluto toccarmi. Non potevo permettere che succedesse.

Sollevai una mano. «Resta lì.»

Per una volta, Cody fece ciò che gli avevo chiesto e si fermò all'estremità del bancone con un'espressione tormentata.

«Ha funzionato. Mi sono innamorata di te e ci sono voluti solo... quattro giorni. Forse è un record personale.»

«Zuccherino,» ringhiò lui.

«Non chiamarmi *zuccherino*. Dio, le chiami tutte così, così da non doverti ricordare nessuno dei loro nomi?» Risi, ma era una risata amarissima, cazzo.

«Riley, calmati e rifletti. Non mi sognerei mai...»

Sollevai entrambe le mani come per fermare un treno in corsa che puntava dritto verso di me.

«Oddio, non dire a una ragazza di calmarsi,» borbottò Audrey.

«Non ti sogneresti mai... che cosa?» chiesi a Cody. «Di restare con me ora che ti ho detto di amarti? Di darmi dei figli? Già, lo so. Hai *chiuso*, giusto?»

Le sue labbra si chiusero in una linea sottile. Già, non parlava più, adesso.

«Mi stavi ingannando.» Scossi la testa e mi passai una mano sul viso. «Perché altro staresti con me sapendo... *sapendo* che non mi avresti dato tutto ciò che una ragazza della mia età avrebbe voluto a meno che non si fosse trattato di un gioco? Di un *patto*.»

«Non era un gioco. Lo sai che cosa sei per me.» Si guardò di nuovo attorno, come se non fosse in grado di pronunciare la parola *compagna* ad alta voce.

Io sbuffai. «Non ci credo. Perché adesso? Ci siamo già incontrati in passato. Sono cresciuta in questa città e tu non hai mai dimostrato un briciolo di interesse fino a quando non ho visto un lupo affrontare un puma nei boschi.»

«L'ho scoperto solo in quel momento.»

Io gli rivolsi un'occhiata di disapprovazione. «Basta frasi fatte. Ho chiuso.» Dio, se faceva male. Ma ciò che rendeva il tutto ancora peggiore era che papà aveva avuto ragione. Su tutto. Avevo *giocato* a fare l'adulta. Ero ferita e umiliata. Ora papà sarebbe stato ancora più protettivo e onnipresente, e avrebbe ficcato il naso nella mia vita sentimentale perché ero davvero una idiota.

Diretta verso la porta, aggirai i tavoli e la gente che se la stava spassando, e non dava di matto perché il tipo che aveva detto di amarla poco prima l'aveva detto solo per mettere fine a un patto *del cazzo*. *Ti amo* era la sua battuta finale.

«Riley, aspetta!» Cody mi seguì e mi afferrò per un gomito. Me lo scrollai di dosso e mi lasciò andare. «Ti prego, parliamone.»

Io scossi la testa, altre lacrime che mi rigavano le guance. «Non sono la tua conquista. Non c'è nulla di cui parlare. Di' a Rob di non preoccuparsi, mi dimenticherò di te.»

26

CODY

«Riley!» Allungai una mano per afferrarle di nuovo il braccio, ma Boyd mi prese per una spalla e mi trascinò via. Io riuscii a malapena a trattenermi dal girarmi di scatto e tirargli una testata. Avrei voluto affrontarlo, lasciar uscire il mio lupo a lottare contro di lui, ma non potevo.

«Dalle un po' di spazio,» sbottò lui.

Non aveva idea di quanto fossi vicino a sgozzarlo. «No,» ringhiai io. «Devo sistemare questa cosa.»

«Boyd ha ragione.» Audrey si avvicinò, ma non troppo. Faceva parte del branco da abbastanza tempo da sapere che non era il caso di frapporsi tra due maschi arrabbiati. «Non ascolterà nulla di quanto hai da dire in questo preciso istante.»

Il mio lupo ululò di dolore.

«È la mia compagna.»

Sapere che era uscita dal locale con le lacrime che rigavano il suo bellissimo viso e che ero stato io a provocargliele mi faceva venire voglia di prendermi a pugni da solo.

«Non ha importanza. A volte perfino i compagni hanno bisogno di spazio,» disse Audrey.

«Cosa dovrei fare?» Non era da me chiedere consigli su come gestire una femmina. Ma Riley non era una femmina qualunque.

Era la mia vita.

Non mi importava nemmeno delle conseguenze per il branco. Qui non si trattava del fatto che conoscesse il nostro segreto. Non era mai stato per quello.

Ma in qualche modo, avevo permesso che lei lo credesse.

Dannazione!

«Dalle un'ora o due per sbollire. Poi contattala.»

Io ringhiai. Non mi piaceva quel consiglio. E non volevo seguirlo, cazzo. Ma non riuscivo a riflettere in mezzo a quel caos. Col mio lupo che ringhiava affinché lo lasciassi libero di rincorrerla.

Un'ora o due. Come sarei sopravvissuto così a lungo sapendo che la mia compagna soffriva? Sapendo che era ferita e che ne ero io la causa, ma anche l'unico in grado di sistemare quel casino?

Ma come? Dovevo dimostrare a Riley che il mio amore era reale. Che nulla nella nostra storia era stato una manipolazione. Che lei era il mio per sempre, che conoscesse il nostro segreto o meno.

«Devo farmi una corsa,» borbottai, e sia Boyd che Audrey intuirono cosa volessi fare. Il mio lupo aveva bisogno di uscire o avrei cominciato a impazzire.

Boyd piegò la testa in direzione della porta. «Va'. Sfoga la tua aggressività, così da riuscire a ragionare.»

Annuii. «Devo sistemare questa cosa.»

Boyd mi posò una mano sulla spalla e me la scosse. «Lo farai.»

Non condividevo la sua stessa sicurezza. Non sapevo che cazzo potessi dire o fare con Riley per farle capire cosa significava per me.

Se non l'avessi scoperto, non sarei sopravvissuto senza di lei.

RILEY

PARCHEGGIAI nel garage e spensi il motore. Non a casa della nonna, ma di papà. Era *l'ultimo* luogo dove volessi essere – Dio, se lo era – ma non avevo molta scelta. Lila era via a scuola. Wendy e Alice sapevano che Cody era interessato a me a giudicare dalla serata al bowling e da come mi aveva seguita in bagno dal quale ero tornata tutta sognante per via di un orgasmo, ma non potevo guardare dei film mangiando gelato assieme a nessuna di loro. Cosa avrei potuto dire?

Sì, mi sono fatta fottere – in più di una maniera – da Cody McIntire perché aveva scommesso col suo amico che mi sarei innamorata di lui in meno di una settimana.

Era la verità e più che abbastanza per farci sfogare per ore e ore. Senza nemmeno comprendere la storia dei mutanti. La cancellazione della memoria.

Perché Cody *era* un maledetto mutante. Inseguiva la sua preda. Lo sapevo. Visto che ero scappata, immaginavo che il suo lupo l'avrebbe convinto a inseguirmi. Non potevo permetterlo. Non in quel momento. Dio, mai.

Chiusi gli occhi e mi lasciai andare contro il poggiatesta. Avevo guidato per la città senza meta, per riflettere. Sbollire. Prendendomi a calci nel culo da sola per la mia stupidità. Le lacrime si erano fermate piuttosto in fretta visto che non ero stata in grado di vedere la strada e l'ultima cosa che avrei voluto era che mio padre mi facesse accostare. Visto che lavorava al turno di notte, era una possibilità.

Prima o poi avrei finito la benzina, così ero andata nell'unico posto in cui Cody non avrebbe osato fare irruzione. Casa di papà.

Il portone del garage si chiuse alle mie spalle, solo la lucina sul soffitto che illuminava lo spazio.

Era l'uscita di scena PEGGIORE di sempre. Sempre. Innamorarmi di un tipo dal quale mio padre mi aveva messa in guardia. Gli avevo sbattuto in faccia la sua esperienza in merito. Ora mi sarei beccata quell'espressione da "te l'avevo detto" per mesi. O un'occhiata compassionevole. Non sapevo cosa fosse peggio.

E cosa avrei raccontato alla nonna?

Almeno per quella sera avevo un po' di tregua.

Presi la borsa e scesi dall'auto, entrai dalla lavanderia e mi diressi in cucina. Visto che la luce sui fornelli era accesa, non ne accesi altre. Quella era casa. Era dove ero cresciuta. Dove tutto era familiare.

Eppure in qualche modo, negli ultimi giorni, sembrava... diversa.

Le stupide calamite erano ancora attaccate al frigo. La tazza del caffè di papà era capovolta sullo sgocciolatoio come al solito. Ero io a essere cambiata.

Cody mi aveva cambiata. Mi aveva fatto capire che non avrei dovuto scendere a compromessi riguardo a ciò che desideravo. Che valevo più di qualunque misera relazione mi avrebbero potuto offrire Matt o Ethan o qualunque altro ragazzo. Io meritavo tanto.

Avevo pensato di ottenerlo con Cody.

Ma no. Ero solo una stupida ragazzina.

Le lacrime ripresero a scorrere e io mi appoggiai al bancone della cucina finché non mi placai. Era giunto il momento di andare a letto. Di addormentarmi piangendo. Entrai in soggiorno per dirigermi verso camera mia.

«Mi chiedevo quanto avresti pianto.»

Feci un gran salto e urlai.

«Cristo, le donne sono un disastro.»

Non era Cody. Non era papà. Era... Non sapevo *chi* fosse.

Ma era seduto sulla poltrona reclinabile di papà con una pistola in mano. Ed era puntata contro di me.

28

RILEY

MI FORMICOLAVA la pelle per l'adrenalina. Il mio cuore batteva all'impazzata. Ero immobile, un piede davanti all'altro come se fossi stata colpita da uno storditore elettrico. «Chi... chi... chi sei?»

Lui allungò una mano e accese la lampada.

La luce mi fece sbattere le palpebre, ma rese anche più visibile l'uomo, e la pistola che teneva in mano.

Non l'avevo mai visto prima. Non riuscivo a capire quanto fosse alto perché era stravaccato sulla poltrona, ma era grosso. Forse della stessa stazza di papà, ma più asciutto. Dei capelli scuri gli ricadevano in ciocche sottili fino al mento. Occhi castani. Guance scavate. Dei baffi. Un tatuaggio faceva capolino da sotto lo scollo della maglietta bianca dedicata a una band heavy metal vintage. Indossava dei jeans e dei robusti stivali da lavoro.

E la sua espressione malvagia mi scrutava dalla testa ai piedi.

«Tu devi essere la figlia. Ci sono abbastanza foto di te appese alle pareti.»

Da malvagio il suo sguardo passò a squallido e nauseante.

Forse ero stata drogata e rapita da Cody. Legata a un letto. Avevo dato di matto, certo. Ma nulla a che vedere con quello.

Lui mi avrebbe fatto del male e avrebbe usato una pistola.

«Ancora meglio.»

Deglutii con forza, la gola che bruciava per quanto era arsa.

«Vuoi sapere chi sono, dolcezza?»

Lo volevo? In realtà, avrei voluto riavvolgere gli ultimi minuti della mia vita e restarmene in auto a girare per la città. Ovunque tranne che lì.

Annuii perché immaginai che fosse ciò che voleva.

«Neil Kobchek.»

Io sbattei le palpebre. Quel nome non significava nulla per me.

Lui sbuffò. «Già, il tuo paparino non ti ha detto niente di mio fratello, vero?»

Spinse in avanti la poltrona e si alzò. Io feci un passo indietro, ma lui torreggiò su di me. Arretrai ancora.

«No. Resta lì.»

Come se potessi scappare con una pistola puntata contro! Mi avrebbe inseguita come aveva fatto Cody?

Cody. Avevo bisogno di lui subito. Diamine, mi serviva l'intero dipartimento di polizia.

«Mio fratello è quello che lui ha sbattuto in galera per vent'anni.»

Oh. *Oh.*

Il processo a Bozeman. Il disastro a cui aveva accennato.

«Mi... mi spiace che tuo fratello sia in galera.» La mia voce vacillò. Non mi dispiaceva. Se era stato arrestato e avrebbe passato due decenni in prigione, allora doveva aver fatto qualcosa di davvero brutto. Tipo puntare la pistola contro qualcuno in casa loro. Perché non c'era anche questo tipo, in prigione?

Lui rise, poi si fermò.

«Anche a me,» sbottò. «È giunto il momento di far dispiacere anche tuo padre.» Annullò la distanza tra noi e sollevò una mano. Io mi ritrassi, ma lui si limitò a far scorrere le dita all'estremità dei miei capelli.

Era tutta un brivido. Avevo la nausea.

«Ti prego, non toccarmi,» sussurrai.

Lui lasciò cadere la mano. Il suo sguardo si indurì.

«Io non stupro,» ringhiò, come se avesse avuto un codice. Come se l'avessi insultato.

Mi si mozzò il fiato e mi venne voglia di piangere dal sollievo.

«Io uccido.»

Okay, be', così non andava bene.

«Stavo aspettando il tuo paparino, ma così è meglio. Deve soffrire come soffrirà mio fratello nel suo inferno tra le sbarre. Chiamalo e fallo venire qui. Guarderà mentre ti pianterò una pallottola in testa.»

Io scossi il capo senza riflettere. Non volevo farmi piantare un proiettile nel cranio. Ma lui doveva aver pensato che mi stessi rifiutando di chiamare papà.

«CHIAMALO!»

Trasalii.

«Okay. Okay. Il mio cellulare è nella borsa sul bancone.»

Lui annuì e agitò la pistola per indicarmi di andarlo a prendere.

Tornai in cucina e tirai fuori il cellulare dalla borsa. Le dita mi tremavano così forte che lo lasciai cadere sul bancone con un gran tonfo. Cosa avrei fatto? Se papà si fosse presentato lì, sarebbe morto. Saremmo morti entrambi. Dovevo avvisarlo. Dovevo fare *qualcosa*.

«Niente scherzi.» Lui si trovava dall'altra parte dell'isola rispetto a me. Avrei potuto provare a correre fuori passando dal garage, ma il portone era chiuso. Sarei morta prima di tirarlo su anche solo per metà. Lui bloccava l'unica altra uscita. «Digli di venire a casa perché si è rotto lo scaldabagno.»

«L'ha fatto sostituire quest'inverno,» dissi. Dio, perché l'avevo detto? I miei pensieri e la mia bocca non erano in sincrono.

«D'accordo, digli qualcosa che lo faccia venire qui. Subito.»

Io annuii.

Sbloccato il telefono lessi dieci messaggi e tre chiamate perse. Tutte da parte di Cody.

Cody. Lui avrebbe potuto salvarmi. *Lui sarebbe sopravvissuto a un colpo d'arma da fuoco*. L'aveva detto lui dopo che papà l'aveva minacciato.

Non poteva morire.

Premetti il pulsante di chiamata.

«Riley!»

Quella voce. Quel profondo ringhio di rabbia e frustrazione mi riempì il cuore e mi diede speranza.

«Papà. Io, ehm, ho bisogno che tu torni a casa. Subito.»

Per diversi istanti, Cody rimase in silenzio. Sentivo solo il battito del mio cuore nelle orecchie. Riuscivo a concentrarmi solo su quell'uomo e la sua pistola.

«Che succede, Riley?»

«Mi sono lasciata con Pete.»

Lui rimase in silenzio di nuovo, forse nel tentativo di capire perché stessi dicendo certe cose.

«Paparino, ci sei?» chiesi, nella speranza che ricordasse che odiavamo che lo chiamassi così. Non era la nostra perversione. In effetti, lo ritenevo un tantino inquietante, specie considerata la nostra differenza di età.

Cody esitò. Dio, speravo che avesse capito che gli stavo mandando un messaggio in codice. «Sono qui.»

«So che volevi che uscissi con qualcuno di più grande, di più maturo. Avevi ragione. Mi porti del gelato?»

Il tipo agitò la pistola, scontento.

«Sei da tua nonna?»

«No. Sono a casa.»

«D'accordo, arrivo subito.»

Il sollievo mi fece colare le lacrime lungo le guance. «Grazie, papà. A dopo.»

CODY

MI SI ERANO RIZZATI i peli sulla nuca. Il mio lupo emise un ringhio udibile. Qualcosa non andava con Riley.

C'era *decisamente* qualcosa che non andava, se mi aveva chiamato nonostante il nostro litigio.

Feci inversione a U, le gomme della Jeep che stridettero, e mi fiondai verso casa di suo padre.

Ero diretto al canyon per lasciar uscire il mio lupo a correre quando mi aveva chiamato. Leggere il suo nome sullo schermo mi aveva riempito di sollievo, meglio di qualunque droga. Ma sentirla chiamarmi *paparino*, mi aveva messo subito all'erta. Non aveva mai voluto che fossi un paparino per lei.

Aveva detto di aver lasciato *Pete*. Quel ragazzetto del

bowling. Come no. Era allora che era stato chiaro che stava cercando di dirmi qualcosa. Non sapevo che cazzo stava succedendo tranne che aveva bisogno di me. *Subito.*

Il mio lupo avrebbe voluto che scendessi dalla macchina, mutassi e corressi. Ma per quanto corressi veloce sotto forma di lupo, non ero veloce quanto la Jeep. Ignaro su cosa avrei trovato, parcheggiai in fondo all'isolato e mi avvicinai di soppiatto alla casa. Per fortuna si trovava in un vecchio quartiere con un sacco di alberi e arbusti a dividere le proprietà. Non mi serviva che un vicino chiamasse la polizia. Be', forse sì, ma finché non avessi scoperto cosa stava facendo perdere il senno a me e al mio lupo, volevo restare nascosto.

C'era una luce accesa nel soggiorno ma, con le imposte chiuse, non riuscivo a vedere nulla.

Feci il giro sul retro della casa e sbirciai dalla finestra della cucina.

Porca puttana. *Cazzo!*

Ecco la mia ragazza con uno stronzo con in mano una pistola. Era seduta al tavolo della cucina, le mani appoggiate sulla superficie di legno. Stava tremando? Mi dava la schiena, per cui non riuscivo a vederla in faccia. Ma riuscivo a scorgere l'uomo. Non l'avevo mai visto prima. Di certo non era di Cooper Valley, cazzo.

Avrei potuto fare irruzione e strappargli la testa. Letteralmente. Spezzargli il collo. *Distruggerlo.* Ma Riley era proprio lì. Forse io sarei sopravvissuto a una ferita da arma da fuoco, ma lei no.

Chi era quel tipo e perché *diavolo* la teneva in ostaggio?

Mi serviva aiuto. Aiuto vero, legittimo, non un gruppo di lupi che facevano a pezzi un cattivo nella cucina del vicesceriffo.

Contro ogni istinto che avevo in corpo, mi allontanai dalla casa, tirai fuori il cellulare e lo usai una volta che ebbi raggiunto un marciapiede a tre abitazioni di distanza.

«Abbott.»

«Sono Cody. Abbiamo un problema.»

«Già, sei tu. Tu sei il mio cazzo di problema.»

Non trattenni il ringhio del mio lupo. «Qualcuno sta tenendo Riley sotto tiro con una pistola in casa tua.»

«*Cosa?*» Sentii un rumore di passi, come se Kyle stesse già correndo verso la sua auto.

«Se non arrivi entro due minuti, io entro.» Ero ormai al limite della pazienza.

«No! *Non entrare.* Se la sbrigherà la polizia,» abbaiò Kyle. «Resta dove sei.» Una portiera sbatté e un motore si accese. La stazione si trovava solo a pochi minuti di distanza. Tuttavia, mi sembrava troppo tempo.

Certo che sarei entrato. «Parcheggia sulla Elm. Ci vediamo lì.»

CODY

Kyle non parcheggiò sulla Elm.

Stavo osservando con cautela dalla finestra sul retro per assicurarmi che Riley fosse ancora viva quando il mio udito da mutante colse il rumore di un'auto in arrivo che parcheggiava sull'isolato opposto.

Stronzo del cazzo.

Corsi in quella direzione.

Voleva piantarmi in asso. Non avrei mai permesso al padre della mia compagna di entrare in quella casa. Non dopo aver dedotto che il tipo con la pistola si trovava lì per lui. Ricordavo cosa aveva detto Levi circa le minacce di morte che erano giunte in relazione al processo cui aveva partecipato Kyle la settimana prima.

E Riley mi aveva chiamato "Papà". Come se avesse finto di chiamare suo padre perché doveva raggiungerla in casa.

Feci il giro dal retro, e corsi molto più veloce di quanto potesse fare un umano. Kyle si stava avvicinando alla casa e aveva estratto la propria arma. Mi gettai su di lui, lo trascinai via e lo sbattei contro lo steccato di Bernice Elton.

«Avevo detto *sulla Elm*, stronzo,» ringhiai in un sussurro.

«È un uomo morto,» sibilò Kyle.

Provò a sollevare la pistola, ma io gli afferrai il polso e lo tenni in una presa ferrea.

Lui spalancò la bocca sorpreso. Nel palesare la mia forza, rischiavo di rilevare il mio segreto a un altro umano. Stavo infrangendo di nuovo la legge del branco, ma non mi importava. La mia compagna era sotto minaccia. Nient'altro aveva importanza. Diamine, avrei potuto farla cancellare a lui la memoria.

Dovevo entrare là dentro e salvare Riley, ma non potevo farlo col rischio che suo padre si beccasse una pallottola. La mia compagna aveva bisogno di lui vivo, che mi approvasse o meno.

«Già, lo è eccome. Ascoltami. *Io* vado dentro,» sussurrai deciso. «I proiettili non mi fanno nulla.» Non era del tutto vero. Un proiettile in testa avrebbe ucciso un mutante, ma ero disposto a correre quel rischio. «Tu spara a quel bastardo attraverso la finestra quando mi troverò tra Riley e la sua pistola.»

Kyle mi fissava. Smise di opporre resistenza e io lo lasciai andare. «Sei uno di loro.»

Dunque sapeva già della nostra razza.

Caricò la pistola. Non ero certo se avesse intenzione di sparare a me o se si stesse preparando a seguire i miei ordini.

Annuii. «Lui è qui per te. Non ho idea del perché, ma ci è finita di mezzo Riley. Se stato tu a portarti le tue stronzate di lavoro a casa da lei. Ora dammi il cappello. Passerò dalla porta d'ingresso fingendomi te.»

Kyle spalancò gli occhi di fronte alle mie parole taglienti. Già, era colpa sua se Riley era in pericolo, ma sapevo che non avrebbe fatto nulla per ferirla intenzionalmente. Lui mi porse il suo cappello da sceriffo e mise via la pistola per sbottonarsi la camicia. Io mi sfilai la mia via dalla testa.

«Sai chi è?» Si tirò via la camicia marrone da sceriffo e me la porse.

Io me la infilai e la abbottonai mentre correvo verso la sua auto di pattuglia. «No. Mai visto prima. Mi ha chiamato lei, ma fingeva di parlare con te. Mi ha chiamato paparino e ha detto che aveva rotto con Pete e...»

«Quel giocatore di football della sua classe? Non voleva uscire con lui...»

«Esatto.» Se non altro non si era concentrato sulla

questione del "paparino". «Stava cercando di dirmi che aveva bisogno di aiuto perché qualcuno che vuole *te* ce l'ha in ostaggio. Ora dammi le chiavi.»

«Pezzo di merda.» Kyle me le porse.

«Accosto nel vialetto e tengo la testa bassa mentre mi avvicino alla porta. Tu fa' il giro da dietro... sono in cucina.»

Kyle annuì e riprese in mano la pistola. «Levi sta arrivando. Aspetta i rinforzi.»

Io strinsi i denti. Avremmo dovuto aspettare Levi. Era un mutante *e* aveva una pistola. In più, non era il padre di Riley. Ma era già passato troppo tempo da quando lei aveva telefonato.

Il mio lupo non avrebbe atteso un altro minuto.

Scossi la testa. «No. Sei tu i rinforzi. Ho già aspettato troppo. Io entro.»

Mi misi al volante della pattuglia dello sceriffo e la avviai. Quasi ruppi la leva del cambio per metterla in marcia. I miei canini discesero nonostante lo sforzo di non mutare e mi forai il labbro.

«Resisti. Sto arrivando, Riley,» borbottai. «E farò a pezzi quel tizio.»

31

RILEY

ERA COME se fossi intrappolata in cucina con un assassino da una vita.

Mi aveva ordinato di sedermi al tavolo, per cui non avevo potuto prendere di soppiatto un coltello dal cassetto. Stavo cercando di formulare un piano per quando Cody fosse arrivato. Un modo per creare una distrazione, così che lui potesse disarmarlo.

C'era un fucile nell'armadio in corridoio. Magari avrei potuto fingere di dover andare in bagno.

Oppure c'era la sedia su cui ero seduta. Non era un'arma letale, ma era meglio di nulla.

Un'auto accostò nel vialetto e cercai di guardare fuori dalla finestra mentre afferravo lo schienale della sedia.

«Vieni qua.» Il tizio mi trascinò via dal mio posto tirandomi per i capelli.

Tanti cari saluti all'usare la sedia come arma.

Mi avvolse un braccio attorno al collo e mi premette la canna della pistola contro la testa.

Cazzo. Così sarebbe stato difficile.

La porta d'ingresso si aprì. «Riley?» Il rombo profondo della voce di Cody sembrava forzato.

Il mio carceriere mi spinse in avanti sulla soglia tra la cucina e il salotto.

Per un istante pensai che si trattasse di mio padre, perché l'uomo nel soggiorno indossava una camicia e un cappello da sceriffo. Ma in realtà era Cody.

Lui tenne la testa bassa, il viso nascosto dietro la tesa del cappello, e gettò le chiavi sul tavolino.

«Benvenuto a casa, vicesceriffo.»

Cody si immobilizzò e tenne sollevata la testa solo in parte.

Dovevo fare qualcosa. Il mio carceriere aveva in mente di assassinarmi di fronte a mio padre. Nell'istante in cui avesse capito che non si trattava di lui, avrebbe premuto il grilletto.

«Papà!» dissi, nel tentativo di prolungare ancora per un istante quell'illusione. Al tempo stesso, mi piegai e gli tirai una gomitata nel plesso solare più forte che potei. Afferrai il mignolo del braccio che avevo avvolto attorno alla gola e lo strattonai, spezzandolo.

Cody era già addosso a noi quando dalla pistola partì un colpo.

Io urlai e mi accasciai a terra. Del vetro si ruppe. Risuonarono altri spari.

Io ero bloccata sul pavimento di legno, ma non opposi resistenza. Era il corpo di Cody a ricoprire il mio. Lo sapevo dall'odore. Dalla sensazione.

Stava proteggendo il mio corpo col suo, come ero certa avrebbe fatto.

Com'era che non mi fidavo che quell'uomo mi amasse anche se ero sicura che avrebbe rischiato la sua vita per me? Che avrebbe fatto qualunque cosa per salvarmi?

«Riley!» urlò mio padre.

«È morto,» annunciò un'altra persona. «Conosci questo tipo, Kyle?»

«Merda, è il fratello di Daryl Kobcheck,» disse papà. «Non so come si chiama, ma era al processo.»

Cody si scostò e io sollevai lo sguardo. Era arrivato lo sceriffo. Sia lui che mio padre avevano le pistole spiegate, puntate contro il corpo a terra accanto al tavolino da caffè in frantumi.

«Neil. Non ha mai taciuto riguardo a come suo fratello fosse stato incastrato. Era anche arrabbiato, ma non mi sarei mai immaginato questo.»

«Papà?» chiesi, e lui si voltò verso di me. Come se avesse saputo che la minaccia era svanita.

«No!» Mio padre urlò inorridito. Si gettò in ginocchio accanto a noi. «Riley!»

«Cos...» Abbassai lo sguardo e inalai. Ero ricoperta di sangue.

«Non è... suo,» asserì Cody, la voce un mormorio sommesso. La sua mano gli copriva una ferita nel petto, il sangue che si riversava fuori.

«Cody!» urlai e mi gettai su di lui. Oddio, gli avevano sparato.

«Allontanati,» disse in tono piatto lo sceriffo e mi posò una mano sulla spalla. «Lasciagli un po' di spazio.»

«Ha bisogno di aiuto!» Mi scrollai la sua mano di dosso.

«Sembra che il proiettile gli abbia forato un polmone.»

Forato un...

Cody faceva fatica a respirare: ogni inalazione era un verso gracchiante e gli espiri a malapena gli muovevano il petto. Mi si riempirono gli occhi di lacrime. Ero sconvolta. Oddio, stava morendo! Gli avevo gridato contro e gli avevo detto che era finita e adesso l'avrei perso.

«No!» Mi sistemai al suo fianco, ma con la paura di toccarlo. «Cody... ti prego.»

Poi rammentai che aveva detto che i proiettili non gli facevano nulla, sebbene sembrasse *davvero* ferito.

Sollevai lo sguardo su entrambi gli uomini. «Chiamate un'ambulanza.»

Lo sceriffo scosse la testa. «Se la caverà senza.»

Era vero? Non stava richiedendo un intervento medico alla radio, per cui doveva sapere qualcosa.

«Starà... starà bene?» Avevo la voce rotta e le lacrime mi rigavano il viso. Non avrei mai pensato che me ne sarebbero rimaste dopo aver rotto con Cody, ma a quanto pareva, non era così. Avevo chiamato lui invece di mio padre. Forse non avrei dovuto, dato che era venuto senza una pistola. Senza un giubbotto antiproiettile.

«Ha detto che i proiettili non l'avrebbero ferito,» disse mio padre, ma sembrava incerto, in piedi a incombere su di noi. Non avevo idea di quando loro due avessero parlato senza cercare di uccidersi a vicenda. «Sapeva cosa sarebbe potuto succedere.»

Lo sceriffo annuì, calmo. Si inginocchiò accanto a Cody e aprì di scatto la camicia dell'uniforme per rivelare la ferita. Il sangue gli ricopriva la pelle e fuoriusciva dal buco che aveva nel petto. «Riesci a mutare, amico?»

Cody rantolava. Il sudore gli copriva la pelle ed era pallido. Troppo pallido.

«Muta,» ordinò lo sceriffo con una voce profonda e autoritaria che mi fece scorrere un brivido lungo la schiena.

Ci fu un rumore di strappo mentre i pantaloni di Cody si laceravano, dopodiché lui si tramutò in un lupo, ansimante, la pelliccia intrisa di sangue.

«Diamine,» borbottò mio padre, gli occhi spalancati, ma non sembrava sorpreso.

«Starà bene?» chiesi di nuovo, spostando lo sguardo tra lo sceriffo e Cody. Dio, avevo bisogno che qualcuno mi dicesse che sarebbe sopravvissuto, così avrei potuto continuare a vivere anch'io.

Con Cody.

«Sì. Guarirà più in fretta in forma di lupo.»

«Mi dispiace così tanto,» gemetti. «Non ha importanza perché tu voglia stare con me. Lo vuoi, e io lo so. Ti prego, vivi. Continua a respirare.»

Sarei stata la sua compagna se mi avesse ancora voluta. Avrei perfino rinunciato a tutte le mie speranze e ai miei sogni di una famiglia se lui non avesse voluto altri figli.

Dio, ti prego, lascia che respiri.

Lo sceriffo mi fece cenno di avvicinarmi. «Vieni a sederti accanto alla sua testa, così che riesca a inalare l'odore della sua compagna. Che sappia perché deve vivere.»

La sua compagna. Lo sceriffo sapeva che io ero la compagna di Cody. Ovvio, visto che aveva ordinato a Cody di mutare, era uno di loro. Il modo in cui mi parlava era riverente. Come se io fossi stata tutto per Cody. *Il motivo per cui doveva vivere.*

«Posso... posso toccarlo?» Allungai con esitazione una mano.

«Sì. Ma lascialo concentrare sulla guarigione.»

Io mi accoccolai accanto al lupo gigante, e gli accarezzai il muso e le orecchie con delicatezza. Cody aveva gli occhi chiusi. «Guarirai,» mormorai, fidandomi delle parole dello sceriffo. «Guarirai, perché ti amo.»

Lo sceriffo indietreggiò di qualche passo e fece cenno a mio padre di seguirlo. Visto che non c'era altro che potessero fare per Cody, c'era un cadavere da gestire.

«Sono la tua compagna.» Una lacrima mi scivolò lungo il naso e mi sporsi per sussurrargli all'orecchio. «Ci sto.» Avevo la voce rotta. «Okay? Oh, guarda...» Lanciai un'occhiata al suo petto, scioccata perché la sua ferita aveva smesso di sanguinare. «Stai già guarendo.» Risi attraverso le lacrime, e sollevai lo sguardo sullo sceriffo che era in ginocchio accanto al corpo del tipo, con un portafoglio in mano.

Annuì. «Benissimo.»

«Concentrati solo sul guarire, adesso,» mormorai a Cody, più sicura. In grado di consolarlo, anziché cadere in pezzi al pensiero di vivere senza di lui.

Cody sarebbe sopravvissuto.

Avremmo avuto una vita insieme.

Certo, avevamo molte cose da risolvere, ma ne valeva la pena. Non volevo rinunciare a un amore così tangibile che riuscivo a sentirlo pulsare tra i nostri due corpi.

«Non mi importa se mi hai effettivamente sedotta in una settimana,» gli dissi. «È un po' umiliante sapere che tutti erano a conoscenza del tuo patto, ma me ne farò una ragione.»

Cody aprì gli occhi, come se mi stesse ascoltando, e mi ricordai che lo sceriffo mi aveva detto di lasciare che si concentrasse.

«Possiamo parlare più tardi,» gli dissi. «Quando riuscirai di nuovo a respirare.»

Lui chiuse gli occhi.

Io continuai ad accarezzargli il pelo morbido. «Ti amo,» mormorai di nuovo. «Sei l'uomo perfetto per me. Tutto ciò che non sapevo di volere.»

Il respiro ansimante di Cody cominciò a sembrare meno affaticato. Non più come se fosse sul punto di morire.

«Va bene se non vuoi avere altri figli,» sussurrai. «Mi concentrerò sui miei alunni.»

Cody aprì di nuovo gli occhi. Emise un lamento.

Lo sceriffo venne a esaminare la ferita. «Sembra che le sue capacità di guarigione non ne abbiano risentito. Il suo corpo sta già cominciando a ripararsi.»

Io sollevai lo sguardo su mio padre, che indossava la canotta e i pantaloni dell'uniforme. I suoi occhi erano seri, ma tormentati. «Tu lo sapevi?»

«Che il tuo fidanzato è un lupo?» Papà scosse la testa. «No. Non fino a stasera. Non sapevo nemmeno di stare lavorando per uno di loro, non è così, Levi?» Inarcò un sopracciglio in direzione dello sceriffo.

«Sembrava che sapessi della nostra esistenza, però,» disse Levi.

Papà annuì. «Girano vecchie dicerie a Cooper Valley. Mia nonna ci diceva sempre di restare a casa con la luna piena, altrimenti avrei potuto vedere il mio migliore amico trasformarsi in un lupo.» Mio padre fece un mezzo sorriso. «Ho sempre pensato fossero sciocchezze.»

«Farai parte del nostro branco, ora.» Levi chinò il mento verso di me. «Riley è la compagna predestinata di Cody. So che hai pensato che se la stesse solo spassando, ma posso assicurarti che non c'è nulla di più serio di un accoppiamento predestinato.» Indicò la ferita di Cody. «Si prenderebbe un migliaio di proiettili per lei. Non la abbandonerà mai. Dedicherà il resto della sua vita alla sua felicità.»

Non ero certa di come papà stesse elaborando la notizia, ma i miei occhi si riempirono di nuovo di lacrime. Repressi un singhiozzo.

Come avevo fatto a dubitare di Cody?

«Cody potrebbe impazzire se Riley lo rifiutasse,» proseguì Levi. «Avranno entrambi bisogno del tuo sostegno per far funzionare la cosa.»

Mio padre scosse piano la testa. «Cazzo,» borbottò emi guardò. «Tu lo sapevi, tesoro?»

Io cercai senza successo di deglutire oltre il nodo che avevo in gola. «Io... più o meno. Non so se l'avessi capito del tutto fino a ora.» Accarezzai la testa di Cody e mi chinai per baciargli l'orecchio morbido. «Abbiamo alcune cose da risolvere, ma non ho intenzione di rifiutarlo,» dissi con voce strozzata.

«Be'.» Mio padre si sfregò la nuca. «Suppongo che non mi opporrò alla cosa. O quantomeno terrò per me i miei giudizi fino a quando non mi sarò convinto.»

Cody rabbrividì e riaprì gli occhi.

«Ti amo,» gli sussurrai all'orecchio.

32

CODY

Ero consapevole di tutto, ma non riuscii a muovermi né a parlare senza che mi facesse male per diverse ore. Durante quel periodo di tempo, Levi e Kyle mi trasportarono in camera di Riley e ripulirono il mio sangue prima di chiamare il medico legale per ispezionare il cadavere. Il soggiorno di Kyle era ora una scena del crimine e doveva essere esaminata.

Riley si accoccolò sul letto accanto a me, le sue dita affondate nel mio pelo, il suo odore delizioso che mi riempiva le narici. A ricordarmi per cosa dovevo vivere, come aveva detto Levi.

Non che avessi alcun dubbio. Levi aveva ragione, mi

sarei preso un migliaio di proiettili per Riley. Perfino uno letale.

Quando infine riuscii a respirare e lo shock fisico cominciò a svanire, mutai di nuovo in forma umana, e fui in grado di abbracciare la mia ragazza.

Avevo così tante cose da dirle.

Sembrava propensa a perdonarmi, ma dovevo esserne certo. Una cosa era dire quel che aveva detto in preda al panico. Dovevo sapere che credeva nel nostro legame come ci avevo creduto io senza un foro di proiettile in petto.

Lei trasse un lungo respiro. «Cody!»

Tesi le braccia, ma una delle mie costole doveva essere rotta perché non riuscii a trascinarla contro il mio corpo. «Vieni più vicino,» mormorai. «Non ti sanguinerò addosso.»

Lei si avvicinò con molta cautela. «Non mi importa di quello.» Sembrava ancora sul punto di piangere.

Il mio lupo odiava quel tono di voce.

«Ti prego, non piangere, zuccherino.» Affondai il naso nei suoi capelli e lasciai che il suo odore mi invadesse. Cazzo, che buon profumo che aveva. «Sono così fiero di te. Sei rimasta lucida e mi hai chiamato a quel modo. Mi hai avvertito.»

«Non ti chiamerò *mai* più *paparino*.»

Io ridacchiai, e cazzo se fu doloroso. «Mi spiace di averti ferito questa sera. Non ho mai, mai voluto che ti sentissi manipolata. Non intendevo sminuire noi o ciò che significhi per me.»

Lei si spostò e scorsi il suo viso rigato dalle lacrime. I suoi grossi occhi castani erano fissi su di me, ma non disse nulla. Stava ascoltando. Era disposta a starmi a sentire.

Era un milione di volte meglio di quando era scappata dal mio locale.

«Ascoltami, e sappi che ciò che dico è vero.» Le ravviai i capelli dal viso. Muovermi mi faceva male alle costole e ai polmoni, ma non mi importava. «Il patto della settimana era solo per levarmi Rob di dosso. Ce l'aveva con me per aver disobbedito agli ordini. Avrei dovuto farti cancellare la memoria e non l'ho fatto. Non volevo tradire la tua fiducia a quel modo o incasinare quella mente brillante. Ma sappi questo...» Le presi il viso tra le mani e la guardai dritta negli occhi. «Sarei venuto da te... che tu ti ricordassi di aver visto un lupo o meno. Non si è mai trattato di comprare il tuo silenzio. *Mai.*»

Le tremava il mento. «Okay.»

«Mi credi?»

Annuì e i suoi occhi incrociarono i miei.

Mi schiarii la gola secca. «Ti dimostrerò quanto faccio sul serio. È passata meno di una settimana, dunque non sei ancora sicura di me. Lo compr...»

«No.» Riley mi interruppe scosse la testa con decisione. «Ne sono sicura. Cody, mi hai appena salvato la vita.»

«Ti proteggerò sempre.»

Le si riempirono di nuovo gli occhi di lacrime.

Io mi spostai e feci una smorfia. «Ti prego, non piangere, piccola. Mi uccide.»

Si sforzò di farmi un sorriso tra le lacrime: era la femmina più bella di tutto il pianeta.

«Ti dimostrerò tutto. Mi spiace che tu ti sia sentita umiliata al bar questa sera. Non è mai stata la mia intenzione. Non ti farei mai del male. Mai.»

«Va bene.»

«No. Non va bene, ma sistemerò la cosa.»

Le baciai il naso. «Hai detto anche un'altra cosa, prima. Qualcosa riguardo al dedicarti ai tuoi alunni perché io non voglio avere figli.»

Le si illuminarono di nuovo gli occhi e le tremarono le labbra, ma tirò su col naso e sembrò ricacciare indietro le lacrime.

«Cazzo, zuccherino. Vuoi avere dei figli? Avremo dei figli.»

Lei si irrigidì, come se si fosse preparata ad affrontare qualcosa, ma io insistetti.

«*Adorerei* fare dei figli con te. Cazzo, non riesco a credere di aver detto di aver chiuso con i bambini al bar. Le parole di Hank mi hanno colto di sorpresa. È solo che non ci avevo ancora pensato. Sei d'accordo col fatto che è successo tutto molto in fretta?»

Riley annuì e un sorriso mesto le tese le labbra.

«Ero concentrato sul conquistare il tuo amore. Se tu fossi stata una lupa, avresti saputo di appartenere a me nello stesso istante in cui l'ho saputo io. Ma accoppiarsi con un'umana è un processo diverso. Dobbiamo seguire le vostre regole di corteggiamento. Dunque era su quello che mi stavo concentrando. Sul farti capire ciò che io sapevo già, che siamo fatti l'uno per l'altra. Non sono andato oltre la mia necessità di rivendicarti. Ma sì... ho tutte le intenzioni di mettere i miei cuccioli nel tuo ventre.»

Riley rise, la sua espressione che si riempiva di sollievo. «Cuccioli?»

Annuii. «È così che li chiamiamo.»

«Piccoli mutanti,» disse lei meravigliata. «Saranno lupi come te.»

Ci riflettei. «Si spera. Non tutti i mezzo-sangue sono in grado di mutare, ma saranno i benvenuti nel branco a prescindere. Come te, certo. E perfino tuo padre.»

«Non sono ancora pronta per dei bambini.» Abbassò le ciglia e le sue labbra assunsero una piega seducente. «Ma sono più che disposta a esercitarci.»

Io gemetti, il cazzo duro come una roccia. Ero nudo per essere mutato e la mia erezione le premette contro il ventre. «Ah, zuccherino. Mi ucciderai *davvero*.»

Lei sorrise. «Non è quello che voglio. Ma voglio farti stare bene.»

Io le afferrai il polso che si dirigeva verso il basso. «Domani,» le promisi. Era troppo difficile resisterle, ma non ero ancora guarito del tutto al punto da concederle le attenzioni che si meritava. «Domani potrai cavalcarmi per tutto il giorno.»

Lei sollevò le labbra e le fece scorrere contro le mie. «Oh, farò ben più di quello. Ti permetterò di rivendicarmi.»

33

RILEY

Eravamo lungo la strada sterrata verso la casetta di Cody. Erano davvero passati solo cinque giorni da quando mi aveva portata lì l'ultima volta? Ero stata priva di conoscenza, all'epoca. Rapita dall'uomo che la sera prima mi aveva salvato la vita.

Il sole del tardo pomeriggio brillava nel cielo, il meteo perfetto per una giornata di fine estate. Avevamo i finestrini abbassati e la brezza mi soffiava tra i capelli. Dovevo tenerli ravviati dietro l'orecchio, ma alla fine ci rinunciai.

La mia attenzione non era concentrata sul paesaggio. Ma su Cody. Solo Cody. Il quarantenne che mi amava. Lui guidava con una mano poggiata sopra il volante, l'altra era sulla mia coscia nuda. Non riuscivo a smettere di fissarlo. I suoi capelli scuri, la barba corta che adoravo. I suoi occhi. Il naso. Le spalle ampie e forti.

Si era fatto una doccia mentre io recuperavo un paio di pantaloni della tuta di mio padre da fargli indossare, per cui era a petto nudo. Scalzo. Nudo, a parte i pantaloni.

«Continua a fissarmi così e mi farai venire i complessi.»

«Mi stavo chiedendo se dovessi dirti che hai una caccola.»

Lui rise, ma si portò subito una mano al naso. «*Cosa?*»

Risi anch'io. «Scherzo.»

Lui ringhiò, ma fece l'occhiolino.

Adoravo entrambi. Il ruggito profondo e l'elogio silenzioso.

Avevamo trascorso la notte nella mia camera da letto a casa di papà, che si era occupato assieme agli altri del cadavere. Papà era andato alla stazione della polizia e la casa si era svuotata. Io ero rimasta sveglia a guardare Cody guarire, consapevole di aver avuto una seconda occasione con lui. Non l'avrei sprecata. Era ormai mattina quando si era accoccolato contro di me.

Mi ero addormentata anch'io e avevamo dormito fino a mezzogiorno.

Eravamo un disastro, io con gli abiti insanguinati,

Cody ancora ricoperto di sangue a sua volta. Così come il letto.

La luce del giorno ci aveva ricordato quello che era successo.

Quanto fossi stata vicina al farmi uccidere. Avrei avuto degli incubi, ne ero certa, ma sapevo che Cody mi avrebbe tenuta stretta per tutta la notte. Non in quel letto. Diamine, no. Dubitavo che avrei mai più potuto stare lì. Mi chiesi anche di mio padre. Avrebbe fatto fatica a dormire in una casa dove avevano sparato a un uomo?

Ma non aveva avuto importanza in quel momento.

Ero scesa con cautela dal letto, così da non svegliare Cody, avevo buttato i miei abiti nella spazzatura e mi ero fatta una doccia. Quando ero uscita con indosso il mio vecchio accappatoio rovinato, lui si era alzato. Era guarito. Mi aveva permesso di controllargli il corpo perché era incredibile: la ferita del proiettile si era richiusa del tutto e la cicatrice sembrava di mesi prima. Non ci eravamo toccati. Né baciati. Non avevamo fatto sesso. Forse era stato perché ci eravamo trovati in casa di mio padre e lui avrebbe potuto tornare da un momento all'altro. Forse perché le cose erano cambiate.

«Stai bene, zuccherino?» Cody interruppe i miei pensieri. Spostò lo sguardo su di me dalla strada.

Io annuii. «Sì. Solo... è tanto da elaborare,» ammisi.

Lui svoltò alla curva, la sua casetta si stagliò davanti a

noi, e parcheggiò. «Resta qui.» Scese dalla Jeep e fece il giro. Mi aprì la portiera, si infilò dentro e mi slacciò la cintura.

Poi restò lì, lo sguardo fisso sul mio. «Ti amo, zuccherino.»

Semplice. Sincero. Completo.

Sorrisi. Radiosa.

«Ti amo anch'io.»

La sua espressione si addolcì per un istante, poi si scaldò. Le sue mani trovarono i miei fianchi e li afferrarono. «Mi sono preso la tua verginità, ma devo ancora rivendicarti del tutto. Nel modo in cui un lupo rivendica la propria compagna. Ciò significa che ci sono dentro a vita. Sei pronta per questo?»

Mi si mozzò il respiro.

Lo ero? Era così difficile da assimilare. Però, sì. Sì, volevo tutto di Cody. Desideravo un per sempre con lui.

«Sì.»

«Bene. Perché voglio che non ci siano dubbi. Niente domande. Niente preoccupazioni.» Fece scorrere un pollice lungo la piccola ruga sulla mia fronte. Sul mio labbro inferiore. «Tu sei mia, Riley Abbott.»

Io gli presi il pollice in bocca e succhiai. Assimilai le sue parole, le lasciai trapelare nel cuore. Lo lasciai andare e risposi: «E tu sei mio.»

«Sono tuo.»

Mi baciò.

34

CODY

Dopo ciò che avevamo passato, **non riuscivo a smettere** di baciarla. Le schiusi le labbra e le infilai dentro la lingua come se ne andasse della mia vita.

Dannazione, la sera prima, ero entrato da quella porta e avevo affrontato un uomo che puntava una pistola contro la mia ragazza. Non avrei mai superato quel ricordo. Il pensiero di cosa avrebbe potuto andare storto.

Cazzo.

Io potevo sopravvivere a un proiettile, ma non al perdere Riley. Quello mai.

Il Destino, forse, era intervenuto due volte quella settimana.

Lei era mia e intendevo davvero ogni parola. Morivo dalla voglia di rivendicarla. Non vedevo l'ora che ogni mutante del branco sapesse che Riley Abbott mi apparteneva. Ma cosa ancora più importante, lei doveva sapere che io appartenevo a lei.

Una vergine di diciannove anni mi aveva rapito il cuore. Aveva rivendicato la mia anima. Non lo sapevo, ma la stavo aspettando. Da tutta la mia maledetta vita.

Le parole era un conto, i fatti un altro. Per cui la baciai fino allo sfinimento. La sollevai, per tirarla fuori dalla mia Jeep e la feci sedere sul cofano. Lei aprì le gambe e io mi ci infilai in mezzo.

Spostò indietro i fianchi per fornirmi maggiore accesso. «Cody,» sussurrò. Io avevo il cazzo così duro che ero grato che i pantaloni fossero larghi. Non servivano a molto, però, perché la punta fuoriusciva da sopra l'elastico.

Suo padre non avrebbe riavuto quei pantaloni.

Inalai e… cazzo. Ringhiai.

«Sei bagnata. Ti piace l'idea che ti morda. Che ti faccia mia.»

I suoi grossi occhi castani sostennero i miei. «Sì.»

Ero stato delicato fino a quel momento. Cauto dopo la sera precedente. Ero per la maggior parte guarito. Ed eccitato da morire.

«Fammi vedere.»

Le si illuminarono gli occhi, forse al ricordo di

quando le avevo detto la stessa identica cosa l'ultima volta che l'avevo portata lì. A quel tempo era stata legata al mio letto. Il solo pensiero mi fece inumidire la punta.

Invece di rifiutarsi come l'ultima volta, lei si portò le mani all'orlo dei pantaloncini e cominciò a calarseli. Io feci un passo indietro e la aiutai, sfilandoglieli dai piedi. Le sue infradito caddero a terra assieme ai pantaloncini.

Ringhiai di fronte alla sua fica esposta e rosea. Luccicava e... era tutta mia, cazzo.

Le tenni aperte le cosce coi palmi e mi chinai per divorargliela.

Lei cadde all'indietro. Si sostenne su una mano e intrecciò l'altra tra i miei capelli. «Cody!» esclamò, il mio nome che riecheggiò nel vento.

Non mi importava chi potesse sentirci. Non lassù. Qualunque mutante in quei boschi avrebbe saputo che stavo soddisfacendo la mia compagna. Non l'avrei condivisa, ma non avevo alcun problema a metterla in mostra. Ringhiai contro la sua pelle tenera, leccai e stuzzicai il suo clitoride duro come sapevo le piacesse. Ciò la spinse al limite.

Il suo sapore mi guarì in modi che i geni da mutante non avrebbero potuto. Sapevo che ci era vicina. Che la stavo appagando. I suoi fianchi ondeggiarono e, non appena infilai un dito in quel suo calore stretto e gocciolante, lei venne.

Sapevo che i miei occhi avevano cambiato colore.

I miei canini erano più lunghi, il mio lupo aveva una voglia disperata di marchiarla. Il mio lato animale non riusciva a capire perché ci stessi mettendo tanto.

Ma dovevo andarci piano. Dovevo fare attenzione.

Riley era umana: il morso l'avrebbe ferita. Dovevo fare attenzione a non andare troppo a fondo. A non colpire un'arteria. Le avrei lasciato una cicatrice permanente.

La leccai, accarezzai e baciai lungo tutto il corpo finché le nostre bocche non si incontrarono e lei sentì il sapore del nettare che bramavo. *Il suo.*

«Wow.» Sbatté le palpebre e si lasciò andare a un sorriso. Il mio lupo gonfiò il petto e ululò per il modo in cui avevamo compiaciuto la nostra compagna. Riley si rimise dritta a sedere. Non avrei mai venduto un'auto sul cui cofano era gocciolata la sua fica. «E tu?» Il suo sguardo cadde sulla mia erezione.

Scossi la testa. «Pensi che abbia finito con te?»

Mi rivolse un sorriso radioso.

«Non avrò mai finito con te. Voglio entrare in quella fica perfetta, zuccherino. Dopodiché ti marchierò come mia.»

I suoi occhi luccicarono maliziosi.

Con l'agilità di una ex cheerleader, lei tirò su la gamba e me la fece passare attorno così da balzare a terra.

«Mi vuoi?» Infilò i piedi nelle infradito. «Dovrai venirmi a prendere.»

Io risi. Il mio lupo era pronto a saltarle addosso, ma io mi trattenni, per concederle un po' di vantaggio. Si mise a correre attraverso il prato. Era nuda dalla vita in giù, e mi invitava a seguirla. Mi infilai una mano nei pantaloni e me lo masturbai da cima a fondo.

L'avrei inseguita. Il mio lupo mi ululava di correrle dietro.

Ridacchiai, contai fino a dieci, e partii all'inseguimento.

35

RILEY

Dannazione! Era eccitante farsi inseguire nei boschi al tramonto dal mio ragazzo. Il mio ragazzo *lupo*. Il mio compagno. Delizioso.

Così *primitivo*.

L'eccitazione di venire cacciata, di essere la preda di Cody, era un preliminare inebriante. Specie dopo l'orgasmo che mi aveva concesso sul cofano della sua auto. Il battito del mio cuore accelerò. Avevo l'interno coscia bagnato della mia essenza. Un gran sorriso mi tirava le labbra durante la mia corsa sfrenata in infradito nei boschi. Gli aghi di pino ammorbidivano il terreno e l'odore della linfa di Ponderosa scaldata dal sole regalava all'aria un leggero aroma di vaniglia.

Scartai tra gli alberi e dietro le rocce, con una risata di gola, e aumentai la distanza tra me e il lupo che mi stava alle costole.

Cody mi aveva concesso un vantaggio. Per un attimo, avevo pensato che non stesse al gioco, ma poi me l'ero trovato addosso, ad aggirarsi furtivo alle mie spalle, il rimbombo della sua voce ad appena pochi passi dietro di me. «Corri, piccola umana. Quello che catturo, me lo rivendico.» Non sembrava nemmeno avere il fiatone.

Io risi e corsi più veloce, ma lui rimase proprio dietro di me, i suoi polpastrelli che mi sfioravano i fianchi nudi e stuzzicavano le mie terminazioni nervose con piccole scariche elettriche.

«Prendimi, se ci riesci!» Scartai di lato e aggirai un albero.

«Puoi scappare, zuccherino, ma non mi sfuggirai mai. Tu appartieni a me.»

Ovviamente, io non volevo sfuggirgli. Volevo solo che mi inseguisse. Che mi stesse sempre stato dietro. Che prendesse e rivendicasse.

Volevo che me lo dimostrasse in quel modo animalesco.

Lui fece il giro dall'altro lato dell'albero e mi fu davanti, a bloccarmi la strada. Io andai a sbattere contro le sue braccia con un sussulto.

I suoi occhi brillavano ambrati e i suoi canini luccicavano alla luce del sole. Mi si contrasse la fica alla vista di quel suo lato animalesco.

«Attenta, zuccherino. Stai eccitando il mio lupo.»

Io cambiai direzione per scappare, ma lui mi afferrò dalla vita e mi ribaltò a testa in giù sulla sua spalla. Mi sculacciò il sedere nudo. «Ahia!»

Le mie infradito caddero a terra.

«Lo sai cosa succede quando scappi da un lupo?» Mi sculacciò di nuovo, più forte.

Io risi e scalciai. Avevo la fica fradicia, che si contraeva sul nulla, in attesa che lui la riempisse. «Vengo catturata?»

«Vieni rivendicata.» Mi sculacciò di nuovo. Aveva una voce che non sembrava la sua. Era più profonda. Più ringhiosa. «Sto cercando di trattenermi, zuccherino. Ma vorrei buttarti a terra, scoparti con forza e affondare i denti nel tuo collo.»

Io inalai un respiro brusco a quell'immagine eccitantissima.

«Mi stai rendendo difficile tenere al guinzaglio il mio lupo.»

«Allora fallo,» lo sfidai.

Lui si immobilizzò. *Ora* sembrava a corto di fiato. Come se la corsa non fosse stata nulla, ma lo sforzo di trattenersi dal rivendicarmi fosse enorme.

«Io... ho bisogno di te, Riley.» Aveva la voce roca. «La luna piena sta uscendo.» Stava perdendo la lucidità mentale. Giravamo in cerchio. Stava cercando un punto in cui mettermi giù?

«Prendimi,» lo spronai. Dio, lo volevo.

Lui gemette. «Non qui.» Sembrò parlare a fatica, e all'improvviso corse in direzione della casetta.

Io gli avvolsi le braccia attorno alla vita, per un po' di stabilità. Ero a testa in giù e scorgevo solo la sua schiena. La porta si aprì sbattendo, poi lui mi rimise in piedi. «Scappa, piccola umana.»

Io emisi una risata stridula e partii a razzo nella casetta diretta alla camera da letto in cui mi aveva legata.

Cody mi afferrò davanti alla porta, mi sollevò e mi lanciò sul letto. Io vi rimbalzai sopra e atterrai in modo goffo, ancora nuda dalla vita in giù.

Diavolo, sì.

Era ciò che volevo. Ciò che bramavo. Sentire la sua forza. Il suo potere su di me. Resistergli e venire sopraffatta. Sapere di essere al sicuro con un uomo che avrebbe fatto qualunque cosa per me, compreso prendersi una pallottola.

Rotolai sulla schiena e aprii le gambe, ma Cody mi balzò addosso. «No. Hai già avuto la delicatezza. Ora ti prenderò con forza.» Mi girò a pancia in giù. «Le cattive ragazze scappano dai loro compagni.» Mi sculacciò: non troppo forte, ma in modo deciso. Abbastanza da scaldarmi la pelle e farmi dimenare per il piacere.

Gemetti. «Sono stata cattivissima.» Avevo bisogno di farmi sculacciare e di essere presa con forza.

Lui si fermò e sfregò le dita tra le mie gambe. «Sei bagnatissima, zuccherino.» Si leccò le dita. «Tutta quell'essenza è per me, non è vero?»

Sfregai la guancia contro le lenzuola morbide. «Sì,» mormorai.

Lui mi sculacciò un altro paio di volte. «Allarga le gambe, piccola. Fammi vedere quella tua bella fica.»

Obbedii e sollevai il culo. Lui ringhiò e si strappò via i pantaloni invece di sfilarseli. Il materasso si curvò quando lui si inginocchiò alle mie spalle, e mi allargò le cosce con le ginocchia.

Cody mi afferrò i fianchi in una presa ferrea – come se non fosse stato consapevole della propria forza – e li sollevò fino a posizionarmi in ginocchio col petto ancora premuto contro il materasso.

Respirava con affanno. Gli lanciai un'occhiata da sopra la spalla e quasi venni alla vista. I suoi occhi brillavano selvaggi. Aveva i denti scoperti, l'espressione tormentata.

«Cercherò di andarci piano,» mormorò, e mi penetrò in un'unica spinta veloce.

Urlai e tesi le mani per afferrare la testiera del letto.

Cody si immobilizzò. «Scusa,» borbottò. «Scusa, dolcezza. Ho fatto troppo forte?»

Stava perdendo il controllo. Era così sexy avere un uomo travolto dalla passione per me.

Mi tenne in vita e scivolò dentro e fuori di me, senza sforzo. Il suo gemito riempì la stanza.

Io gemetti assieme a lui. Sembrava così giusto farmi riempire da lui. Che le sue limitazioni autoimposte, tutta la sua gentilezza e cavalleria, svanissero.

Quella era la versione pura di Cody. L'uomo-lupo che sembrava non poter vivere senza di me. Che aveva bisogno di rivendicarmi fino al punto di impazzire.

Le sue dita si strinsero sulla mia vita e lui cominciò a spingere più forte. Dio, ce l'aveva davvero grosso! Mi allargava, spingendosi fino in fondo. Per un istante, mi sembrò troppo, ma poi lui allungò un braccio e mi accarezzò il clitoride.

«Oh Dio,» gemetti. Vidi le stelle.

«Esatto, zuccherino. Sono il tuo dio, adesso.» Cody sbatté con più forza, tanto che il letto iniziò a urtare contro la parete. «Romperò questo letto scopandoti.»

«Oddio,» piagnucolai di nuovo. Ero così vicina all'orgasmo: le mie cosce tremavano, il mio canale si stringeva attorno al suo cazzo.

«Riley...» La voce di Cody si incrinò. «Cazzo, Riley. Sei così eccitante. Sei così... Cazzo!» Ruggì e si spinse a fondo dentro di me, sbattendomi i fianchi contro il letto, il suo corpo che copriva il mio mentre lui veniva. Continuò a sfregarmi il clitoride, e a farmi godere sempre più forte, la mia essenza che gli inondava l'erezione.

I miei muscoli si contraevano in maniera spasmodica attorno a lui, i miei fianchi si impennavano contro il materasso.

Uno dei suoi canini mi morse la spalla. Cody inalò un respiro brusco e si ritrasse. «Non lì,» borbottò. «Non voglio lasciare una cicatrice visibile.»

Emise un gemito mezzo ringhio – un suono animalesco che mi fece rabbrividire da capo a piedi di piacere – e si tirò fuori. «Sei pronta, Riley?»

«Sono pronta.» Lo ero.

«Ne sei sicura?»

Ero *sicurissima*. «Fallo.»

Cody indietreggiò in ginocchio, le sue grosse mani che mi scorrevano lungo i fianchi. «Qui?» Il suo fiato mi colpì le natiche.

«*Sì*.»

I suoi denti mi forarono la pelle in quel punto.

Io gridai. All'inizio il dolore fu intenso, ma lui lasciò andare subito la presa e ritirò i denti dalla mia carne.

«Scusami. Mi dispiace, zuccherino. Stai bene?» Leccò le ferite. «Il siero sui miei denti dovrebbe alleviare il dolore tra qualche secondo e la mia saliva favorirà la guarigione.»

«Sto bene,» lo rassicurai. Era stato così veloce. Le

endorfine dovevano già essere entrate in circolo perché tutto attorno al dolore c'era un riverbero di piacere.

Di soddisfazione.

Di "cazzo, sì".

«Di cosa hai bisogno, zuccherino? Del ghiaccio?»

Scossi la testa. «Va già meglio. Ho solo bisogno di te.»

Cody esalò forte e si sistemò subito alle mie spalle, il suo braccio robusto avvolto attorno alla mia vita. Mi attirò stretta a sé. «Ti amo, Riley Abbott.»

L'euforia mi scorreva dentro. Non sapevo se fosse per via del siero dei suoi denti o per le endorfine scatenate dal dolore o solo per amore.

«E sono tua, adesso?» mormorai, drogata di beatitudine.

«Sei marchiata come mia.» Cody mi tracciò un capezzolo con la punta del dito. «Ogni mutante saprà che sei stata rivendicata da me. Il mio odore è stato infuso per sempre nella tua carne.»

«Tu indosserai il mio anello,» gli dissi io. «Così ogni umana saprà che sei stato rivendicato da me.»

Cody ridacchiò. «Mi stai chiedendo di sposarti, Riley Abbott?»

Sorrisi e lui mi baciò dietro l'orecchio. «Sì.»

«Non dovresti metterti in ginocchio o qualcosa del genere?» mi prese in giro.

«Mmh. Quello lo farò più tardi. Su entrambe le

ginocchia. Quando ti restituirò il favore che mi hai fatto sulla Jeep.»

Il cazzo di Cody svettò tra le mie gambe. A quanto pareva, nonostante la sua età, non aveva problemi ad avere degli orgasmi multipli.

«Be', allora la risposta è sì. Ma non prenderò il tuo cognome né niente del genere,» scherzò.

Io risi. «Vuoi che io prenda il tuo?»

«Zuccherino, sei una donna moderna. Puoi fare tutto ciò che ti pare: prendi il mio nome, usali entrambi o tieniti il tuo. Non cambia nulla per me. Le tradizioni della mia specie sono state soddisfatte.»

Io girai la testa e la piegai all'indietro per appoggiarla contro il suo collo. «Io voglio tutto. Tutta la favola con l'abito bianco e mio padre che mi accompagna all'altare. Magari un nome doppio per rendere la cosa più facile ai bambini. Un giorno.»

Cody mi strinse il seno nella mano. «Avrai tutto ciò che desideri. Tu dimmi cos'è e io te lo darò.»

36

CODY

Il sabato seguente, parcheggiai assieme a tutte le altre auto accanto al fienile del Wolf Ranch. Accanto a me, Riley se ne stava seduta a torturarsi le mani.

«Ti adoreranno,» le dissi.

Il suo sguardo si spostò dal picnic già in pieno svolgimento a me. Rob aveva chiamato e ci aveva invitati al picnic a cui avrebbe partecipato l'intero branco. Non aveva detto che era perché avevo trovato e rivendicato la mia compagna, ma era quello il motivo dei festeggiamenti. Tutti volevano conoscere Riley e io di certo volevo metterla in mostra. Erano passati due giorni dalla sparatoria e un giorno da quando l'avevo marchiata come mia.

Il morso sulla sua natica era guarito, ma il marchio era lì, visibile ai miei occhi. A ricordare che era mia.

Lei si morse un labbro. Era nervosa sin da quando le avevo detto del picnic e che avrebbe conosciuto *tutti* in una volta sola. Per quanto ne sapevo io, gli unici mutanti che conosceva erano Rob, Willow, Levi, Boyd e Audrey. E Tyler. Conoscerli tutti non sembrava meno snervante per lei come l'ottenere un corso intensivo sul branco tra un barbecue e un'insalata di cavolo.

«Tirati su la gonna.»

Lei spalancò la bocca. «Cosa? Qui?»

Eravamo al sicuro nei confini tranquilli della mia Jeep, ma tutti erano a pochi metri di distanza.

«Ti ho fatto passare il nervosismo con una scopata solo quindici minuti fa alla casetta,» dissi. «È palese che non abbia fatto bene il mio lavoro.»

I suoi occhi sgranati incrociarono i miei. «Vuoi scoparmi *qui*? *Adesso*?»

«Diavolo, no. C'è gente a pochi metri di distanza. Ma ti stuzzicherò e ti farò passare quel nervosismo. Nessuno saprà cosa stiamo combinando.»

Lei mi fissò. «Fai sul serio?»

«Non scherzo mai riguardo alle mie dita in quella fica perfetta.»

Lei arrossì. «Sto... sto bene.»

Piegai la testa. «Sicura? Adorerei uscire là fuori col tuo odore su tutta la mano.»

«Non so se dovrei essere sconvolta o eccitata.»

Io feci spallucce. «Ti ho distratta, no?»

Lei si morse un labbro e la sua espressione si fece comprensiva. «Ci sai fare, Cody McIntire.» Allungò una mano verso la maniglia e aprì la portiera.

«Aspetta, zuccherino.»

Balzai giù dalla Jeep e feci il giro per andarla a prendere. Avrebbe imparato che le avrei sempre aperto la portiera. La aiutai a scendere e la baciai. «Brava ragazza. Andiamo a conoscere il branco.»

Lei trasse un respiro profondo. Annuì.

Mi chinai e le sussurrai: «Più tardi, ti infilerò le dita dentro. È una promessa.»

La presi per mano e la trascinai verso tutti, consapevole che stava pensando al sesso e non all'incontrare un gruppo di estranei.

I tavoli da picnic erano sparsi nell'ombra dietro il fienile fornita da un enorme pioppo. C'era un ruscello che si snodava nei dintorni e i cuccioli schizzavano e giocavano nell'acqua bassa. I tavoli da buffet carichi del cibo che ognuno aveva portato da casa. Il fumo si levava da due griglie e l'odore di hamburger e carne cotta riempiva l'aria.

C'erano si è no cinquanta persone. Non tutto il branco, ma comunque un bel gruppetto. Un nuovo accoppiamento era un buon motivo per riunirsi. Specie se uno dei due era umano.

Rob era alla griglia, spatola in mano. Tyler ne aveva un'altra. Il tipo nuovo, Wes, teneva un vassoio carico di hamburger e lo mise a disposizione di tutti. Il fratello di Rob, Colton, era assieme a loro a sorseggiare una birra. Lo stesso valeva per Marina, la sua compagna. A un tavolo c'erano le altre compagne umane, Audrey, Charlie e Becky, che ridevano per qualcosa che aveva detto Johnny.

Avrei fatto conoscere tutti alla mia compagna, ma un po' alla volta. Prima, però...

Strinsi la mano di Riley e la strattonai per avvolgerle un braccio attorno alla vita. «Guarda un po' chi c'è,» mormorai e indicai le griglie.

Riley sgranò gli occhi. «Papà?»

37

RILEY

C'ERA MIO PADRE. In piedi accanto a Rob Wolf, che adesso sapevo essere l'alfa di tutto il branco dei Wolf. Quello che aveva ordinato a Cody di farmi cancellare la memoria dopo aver assistito alla trasformazione di Tyler in un lupo per salvarmi da un puma. Dopo aver scoperto l'esistenza dei mutanti.

E adesso mio padre, il signor Umano, beveva birra e, per quel che sembrava, chiacchierava su che genere di legno producesse il fumo migliore per un barbecue.

«Ehi, siete arrivati finalmente,» commentò papà con un sorriso sereno e rilassato, anche se Cody mi teneva per mano.

Feci uno sforzo per non arrossire né guardare Cody.

Mi chiesi se avesse un sorrisino eloquente in faccia riguardo al *perché* avessimo fatto tardi.

«Che... che ci fai tu qui?» gli chiesi.

«Quando il leader di un branco di lupi ti invita a un picnic, a quanto pare l'unica risposta che si può dare è un "sembra fantastico" e "a che ora?".» Papà sogghignò. «E poi, ho portato una donna con me.»

Mio padre con una donna? Spalancai la bocca. Lui indicò alle mie spalle. Mi girai di scatto e...

«*Nonna?*»

Era seduta su una sedia da campeggio con un piatto carico di cibo in grembo e un bicchiere incastrato nel portavivande sul bracciolo. Una donna era seduta accanto a lei e stavano chiacchierando, la nonna rideva.

Io deglutii con forza e guardai Rob. «Non chiederai a Cody di...»

Rob scosse la testa. «Niente cancellazioni di memoria. È più facile per te lasciare che tuo padre lo sappia.»

Già, sarebbe stato davvero difficile mantenere quel genere di segreto con lui per il resto della mia vita.

«E pensare che tutto questo è cominciato con me.» Tyler ridacchiò. «Ciao, Riley. Hai conosciuto Wes, il nuovo caposquadra del ranch?»

Un tipo robusto dai capelli rossi si fece avanti e io scossi la testa. «In realtà, sì. Be', non ci siamo proprio conosciuti, ma ti ho già visto. Sua figlia, Remy, va all'asilo dove lavoro.»

«Giusto. Piacere di rivederti,» offrì lui. Il suo sorriso era caldo e amichevole.

«Dov'è Remy?» Mi guardai attorno. Da quanto ne sapevo di loro, si erano trasferiti di recente e la madre di Remy non faceva parte del quadro. Ciò che *non* sapevo era che fossero entrambi mutanti.

Lui indicò il ruscello lì vicino dove la bimba di quattro anni era impegnata a impilare dei sassi. Sembrava indaffarata e concentrata sul suo obiettivo, perfino con gli altri cuccioli e gli adulti attorno a lei.

«Sto cercando una tata, se volessi farlo tu,» disse.

Il suo commento mi colse di sorpresa. «Oh, ehm, be'. Io non posso, con la scuola e tutto il resto, ma chiederò in giro.»

«Lo apprezzo molto.»

Remy lo chiamò e lui mi rivolse un cenno col cappello da cowboy e andò da lei.

«Prometto di non uccidere altri puma, okay?» disse Tyler, riportandoci alla nostra conversazione originale. Mi fece ridere perché tutto quello era iniziato per via di un animale selvatico e non di un mutante lupo.

O per via del Destino, come stavo cominciando a credere.

Gli rivolsi una rapida scrollata di spalle e ricambiai il sorriso. Non potei farne a meno.

«Tuo padre ci ha dato la sua parola che manterrà il nostro segreto,» disse Rob per riportarci sulla questione che papà sapeva dei mutanti. «In più, ho qualcosa con cui ricattarlo nel caso decidesse di divulgare la cosa.»

Mi accigliai.

«Te.»

«Voglio che tu sia al sicuro, Riley Roo,» asserì papà.

Non stava scherzando. Aveva un'espressione angosciata, forse al ricordo di quanto accaduto nel suo soggiorno.

«Cody ti ha protetta. Continuerà a farlo.» Lo sguardo di papà si spostò su Cody e stavolta senza rancore. «Tutto questo branco lo farà. Non metterò a rischio questa cosa. Né loro.»

Rob porse la mano a papà.

Cody mi strinse il fianco per incoraggiarmi e io andai da mio padre e lo abbracciai. «Grazie.»

«Voglio solo che tu sia felice,» mormorò lui.

Io annuii contro il suo petto. «Lo sono con Cody.»

«Lo so. Ma se mai dovesse renderti triste, ho la mia pistola.»

Io risi perché sapevamo entrambi quanto fosse inutile.

Lui mi lasciò andare e capii che era giunto il momento, come se fossimo sull'altare e mio padre mi stesse consegnando al mio futuro marito. Mi stava concedendo la sua tacita benedizione. Di fronte a Rob, l'alfa. Di fronte a tutto il branco, sebbene fossero impegnati a divertirsi per i fatti loro con il picnic. E a Cody.

Io mi sollevai in punta di piedi e baciai Cody. Nulla di selvaggio, solamente un… promemoria.

«E la nonna?» chiesi, ricordandomi che non era l'unico membro della famiglia a trovarsi lì. «Lei crede che si tratti *solo* di un picnic?»

Willow si avvicinò a Rob e accettò il suo abbraccio. «È davvero solo un picnic,» disse. «Con un qualcosa in più.» Sorrise e mi fece l'occhiolino. «Per quanto riguarda tua nonna, l'ha sempre saputo.»

Io spostai di scatto lo sguardo su di lei, che mi sorrise con una leggera scrollata di spalle.

Porca puttana. *Lo sapeva.*

Poi risi. Perché tutto era perfetto.

Avevo il mio uomo. Avevo la mia famiglia. Avevo il mio branco.

Avevo… tutto.

EPILOGO

CODY

Mi allungai verso Riley, la mia bellissima sposa, e le presi il viso nella mano. Le mie labbra scorsero sulle sue, con dolcezza.

Nah, 'fanculo.

La presi in braccio, stile luna di miele, e la feci volteggiare mentre la baciavo fino allo sfinimento. Lei mi avvolse le braccia al collo, il suo velo che tracciava un arco elegante dietro la sua testa.

Gli ospiti del nostro matrimonio emisero alcune esclamazioni sconvolte e tutta la chiesa esplose in un applauso. Non era una sensazione intensa come quella provata il giorno in cui avevo trovato la mia compagna, ma ci andava vicino. Riley era già mia sin da quel primo accenno del suo odore, ma quando aveva detto di amarmi, aveva consolidato la cosa. Poi il mio marchio sul suo culo perfetto l'aveva finalizzata. E adesso...

Per il mondo umano, eravamo uniti per sempre.

«Oh, be', questa è una novità,» commentò il pastore con una risata.

Immaginai che i fischi provenissero dal lato dei mutanti nella chiesa.

«Okay, papà.» Tyler, il mio testimone, mi colpì sulla spalla con una risata imbarazzata nella voce.

«Okay.» Il pastore rise perché io continuai a baciare la mia sposa. «Ora voi due dovreste percorrere insieme la navata mano nella mano.»

Nah. Non avevo intenzione di metterla giù. Lei voleva la tradizione umana e io ci stavo, ma ora che eravamo sposati, avevo intenzione di rivendicarla alla grande. In stile umano.

Interruppi il bacio, così che lei sorridesse ai suoi amici e alla sua famiglia mentre io la trasportavo tra le braccia lungo la navata.

Tra le braccia. Era fortunata che non me la fossi lanciata in spalla e non la stessi rapendo di nuovo.

I nostri ospiti esultavano quando passavamo loro accanto, l'evento che si faceva sempre più chiassoso.

«D'accordo, mettimi giù,» disse Riley una volta che fummo fuori dal santuario.

«No. Non ho intenzione di rimetterti giù mai più,» le promisi con un sorrisone. Non mi ero mai aspettato di sentirmi tanto felice per un rito umano.

Lei rise. «Cody, dobbiamo salutare tutti mentre escono.»

«Oh.» Mi fermai e la feci volteggiare, ancora riluttante a staccarmela dalle braccia.

«Proprio qui.» Scalciò con i sandali argentati che aveva ai piedi.

Il mio lupo avrebbe voluto ringhiare, ma quest'altro rito ci avrebbe legati ancora di più l'uno all'altra.

«Okay, d'accordo. Ma non scappare.» La posai a terra con delicatezza e avvicinai le labbra al suo orecchio. «Lo sai che il mio lupo muore dalla voglia di strapparti di dosso quell'abito per arrivare a te.»

Lei rise. «Sapevo che non avremmo dovuto scegliere un giorno di luna piena per il nostro matrimonio.»

Avevamo concesso un anno intero agli umani di Cooper Valley per abituarsi alla nostra relazione con la nostra differenza di età. Avevo comprato l'anello di fidanzamento il giorno dopo che l'avevo marchiata, ma lei non se l'era messo al dito fino al nuovo anno, tanto per mantenere le apparenze. A me non importava. Era marchiata come mia.

Era tutto ciò che mi importava.

Nel corso dell'ultimo anno, avevo trascorso metà delle notti a casa sua e lei ne aveva trascorse l'altra metà nella mia. All'inizio, era circolato qualche pettegolezzo scandaloso su di noi, con la gente che insisteva sul fatto che lei avesse la stessa età di Tyler, ma si erano spenti in fretta quando ci avevano visti insieme. Era palese a tutti che fossimo perfetti l'uno per l'altra.

Anche il fatto che suo padre avesse messo tutti a tacere ci aveva dato una mano. Dubitavo che avesse puntato la pistola alla gente per chiudere loro la bocca, ma non mi avrebbe stupito. Dopo la notte in cui l'intruso aveva tenuto Riley in ostaggio e tutto quello ne era derivato, era più che favorevole al nostro rapporto. Perfino più della nonna di Riley.

Be', forse erano alla pari.

Non avevo nemmeno dubbi sul fatto che fosse stato lui a persuadere la città. Era formidabile e la sua parola era legge tanto quanto quella del dipartimento di polizia.

Riley aveva un altro anno di scuola da frequentare per ottenere la laurea e il certificato per l'insegnamento. Per quanto non dovesse lavorare – il vantaggio nello sposare e nell'accoppiarsi con una persona più grande di lei che aveva avuto tempo di investire e risparmiare – era il lavoro dei suoi sogni.

Non le avrei negato nulla. Tuttavia, aveva lasciato il lavoro all'asilo per darmi una mano al bar, e accordare i nostri orari. Quello era stato un vantaggio.

I testimoni del matrimonio, Tyler, Kyle e Boyd per me, e Lila, Alice e Wendy per Riley, presero il loro posto nella fila di ricevimento alle nostre spalle. I nostri ospiti emersero: per prima la nonna di Riley, col volto rigato di lacrime di felicità, seguita da Anne, la mamma di Tyler, e il suo compagno, Kevin. Anne mi diede un bacio sulla guancia. «Sono così felice per te. Ho sempre odiato che tu non avessi ancora una compagna, al contrario di me.»

«Sai che non ho mai risentito nemmeno per un istante,» le ripetei per la centesima volta. I compagni predestinati surclassavano qualunque cosa nella nostra cultura.

Anche i suoi occhi si riempirono di lacrime. «Lo so. Sono solo felice per te.» Prese entrambe le mani di Riley tra le sue. «Riley, hai trovato un brav'uomo. Un padre amorevole. Un uomo d'onore. Prenditi cura di lui.»

Riley si commosse, lo sguardo lucido. «Lo farò.»

«Non far piangere la mia sposa,» la ammonii. Strinsi la mano a Kevin e li spinsi via.

Avvolsi un braccio attorno alla vita di Riley e tenni il suo corpo stretto al mio mentre baciavamo e stringevamo la mano a ogni umano e mutante che era venuto ad assistere al nostro rito.

Fuori dalla chiesa fummo travolti dalle bolle di sapone durante la nostra corsa verso la limousine che avevo affittato affinché ci portasse al ricevimento.

Nel retro della limousine, le tolsi di mano il mazzo di calle bianche infiocchettato, lo appoggiai sul sedile, e attirai a me la mia bellissima moglie.

«Salve, signora McIntire.» Sfregai il naso contro la pelle nuda della sua spalla esile.

«Abbott-McIntire.»

«Sei mia moglie.»

Lei mi sorrise e mi prese il viso tra le mani. «Tu sei mio marito.» Mi accarezzò la barba con il pollice.

Io strinsi la presa sul suo culo, il mio lato lupesco che si faceva aggressivo. «Tre ore, zuccherino. Danzeremo e mangeremo la torta e festeggeremo. Dopodiché tu correrai nuda sotto la luce della luna.»

Le brillarono gli occhi. «Nuda?»

«A meno che non vuoi che ti strappi quel vestito di dosso nei boschi. Perché è tutto ciò a cui riesco a pensare al momento.» Il cazzo che premeva contro il suo culo era una dimostrazione sufficiente.

Lei rise, e si dimenò contro la mia erezione. «Be', un abito strappato sembra sexy. Ma non so... credo che potrei voler conservare questo abito per le mie figlie.»

«Nuda sia, dunque.» Le rivolsi un gran sorriso.

«E tu mi inseguirai?»

Mi mozzò il fiato di fronte ai suoi magnifici capelli castano ramati raccolti, un fermaglio di cristallo che le sorreggeva il velo.

«Sempre, zuccherino.» Il calore nel mio petto era quasi troppo. Temevo che il cuore avrebbe potuto esplodermi nel petto. «Ti inseguirò sempre. Ovunque tu vada.»

NOTA DI VANESSA & RENEE

Indovina un po? Abbiamo alcuni contenuti bonus per te con
Cody e Riley.

Clicca qui per leggere!

oppure vai qui:

http://vanessavaleauthor.com/v/2fw

L'AUTORE VANESSA VALE

Vanessa Vale, una besteller USA Today, scrive storie d'amore seducenti con ragazzacci insolenti che non solo si innamorano, ma lo fanno di brutto. I suoi libri hanno venduto più di un milione di copie. Vive nell'America occidentale, dove trova sempre l'ispirazione per un nuovo racconto. Per quanto non sia tanto abile nell'utilizzo dei social media quanto i suoi figli, adora interagire con i lettori.

L'AUTORE RENEE ROSE

L'autrice oggi bestseller negli Stati Uniti Renee Rose ama gli eroi alfa dominanti dal linguaggio sboccato! Ha venduto oltre un milione di copie dei suoi romanzi bollenti, con variabili livelli di erotismo. I suoi libri sono comparsi su *USA Today's Happily Ever After* e *Popsugar*. Nominata *Migliore autrice erotica da Eroticon USA* nel 2013, ha vinto come autrice antologica e di fantascienza preferita dello *Spunky and Sassy*, come miglior romanzo storico sul *The Romance Reviews* e migliore coppia e autrice di fantascienza, paranormale, storica, erotica ed ageplay dello *Spanking Romance Reviews*. È entrata cinque volte nella lista di *USA Today* con varie antologie.

Iscrivetevi alla newsletter di Renee per ricevere scene bonus gratuite e notifiche riguardo a nuove pubblicazioni!

https://www.subscribepage.com/reneeroseit

ALTRI LIBRI DI RENEE ROSE

Altri libri di Renee Rose in italiano

King of Diamonds

Mafia Daddy

Jack of Spades